TAKE
SHOBO

覇王の花嫁

御堂志生

Illustration
サマミヤアカザ

蜜猫
MitsuNeko

覇王の花嫁

contents

イラスト／サマミヤアカザ

覇王の花嫁

第一章　初夜

月明かりもなく、鬱蒼《うっそう》とした森の中を一台の箱馬車が疾走していた。

(本当に……このまま、おとなしく乗っていてもいいのかしら?)

車体は軋《きし》み、激しく左右に揺れる。アリシアは座席の端に摑まりながら、心の中で何度も何度も同じ問いを繰り返す。

今日は彼女にとって、人生で最も晴れやかな一日となるはず――だった。

ソエニー山の中腹に位置する小国、マリアーノ王国。第一王女、アリシア・エスペランサ・マリアーノは、近隣の強国、シュヴァルツ王国の新国王に嫁ぐことが決まった。

新国王の使者が訪れたのがわずか五日前。即決を迫られ、決断したのは十八歳のアリシア自身だ。

シュヴァルツ王国は二百年の歴史があり、最初の数十年は飛ぶ鳥を落とす勢いで領土を広げた。最大で大陸の半分を領土に治めたこともあった。

だが、しだいに王の権威は弱まり、王都は軍隊に、地方は地主貴族《ユンカー》に支配されるようになる。

地主貴族は地方の王と化し、兵力まで備えるようになっていった。

そして今から約百年前、とうとう地方で内乱が勃発。そこを狙った敵対国が王都に攻め込み
——シュヴァルツ王国は内も外も、火薬庫のように激しく燃え上がった。争いの火種は広大な国土のあちこちに飛び火し、一世紀もの間、国中を燃やし続けたのだ。

その炎上する国を鎮火させたのが、ジークフリート・フォルツヴァイス——シュヴァルツ王国の新国王だった。

大陸中にその名を轟《とどろ》かせただけでなく、〝覇王ジークフリート〟の噂《うわさ》はソエニー山から下りたことのないアリシアの耳にも届いていた。

ジークフリートは〝無敵の英雄〟であり、シュヴァルツの民を救った〝神に選ばれし勇者〟である、と。

(わたしは、その国王陛下に望まれて嫁ぐのだから……それに、使者の方は国王陛下の側近に間違いないって、お兄様もおっしゃっていたのだから、大丈夫よ……たぶん)

自らを納得させようとするのだが……。

シュヴァルツ王国の王都フリーゲンは、マリアーノ王国とは比べものにならないほど人が多く、華やいだ都だと聞いたことがある。そして、ソエニー山を越えて麓までは丸三日かかるが、そこから先は王都フリーゲンまで平坦《へいたん》な街道を行くだけだ、と。

それも丸一日もあれば到着するということだったのに、街道沿いの宿に一泊したあとは街道

を外れてしまったとしか思えない。

　果たして、この怪しげな森を抜けたら王都にたどり着くのだろうか？

　それとも……。

「あ、あの、エッフェンベルク殿、この森を抜けると、王都フリーゲンがあるのですか？」

　アリシアは狭い馬車の中、膝がつくかどうか、という距離にいるひとりの男性に声をかけた。

　彼はマクシミリアン・フォン・エッフェンベルク。新国王の側近であり、新しくなったシュヴァルツ軍の参謀だと名乗った。

『新国王ジークフリート陛下が、歴史あるマリアーノ王国よりアリシア王女を妻に迎えたい、と希望しておられます。ただし、婚礼は王都フリーゲンにて速やかに行い、マリアーノ国王らを招くのは、夫婦の関係が落ちついた後にしたいとのこと』

　攻め込むのが大変な上、苦労して占領する意味のない場所にあるため、マリアーノ王国は戦禍に巻き込まれたことがない。平和な歴史を刻み続け、その長さは千年に近いという古い国だった。

「……エッフェンベルク殿？」

「無駄な質問はやめなさい。口を閉じているように」

　厳しい言葉遣いでジロリと睨《にら》まれ、アリシアは身を竦《すく》めた。

　マクシミリアンは非常に色の薄い男だ。白銀色の髪は太陽の下では透き通って見え、今のような暗い中では白く光って見える。瞳は極めて淡い琥珀《こはく》の色をしていて、水晶をはめ込んでいるように見えた。そのせいか、視線も声も恐ろしいほど冷ややかに感じる。睨まれるだけで呪いをかけられそうだ。

戦火をくぐり抜けたとは思えないほど肌が白く、男性のわりに儚く見える容姿も恐ろしく感じる理由のひとつかもしれない。

（腰に剣は下げておられるけど、この方にはあまりお似合いではないような……。あれを手に戦うのは、とても力のいることではないかしら）

マリアーノに軍隊はなく、王城を守る五十人程度の衛兵がいるだけだ。国内の治安維持もすべて衛兵が行っている。だが、アリシアの記憶の中で、衛兵が武器を携えて城下に出るような事態に陥《おちい》ったことは一度もなかった。せいぜい、放牧中の牛が逃げたので一緒に探してくれ、という程度だ。

そんな彼女にすれば、百年も内乱が続いた国の内情など想像もできない。

もう一度尋ねようかと思ったが、異国の地でたったひとり――とりあえずは目の前の男性しか頼る人間がいないとあっては、怒らせるのは得策ではない。

（マリアーノにあるのは歴史だけだもの。山奥にある貧乏国の王女を騙《だま》して連れてきたところで、大国シュヴァルツにとってなんの得になると言うの？　いきなり殺されたりするはずがないわ）

とはいえ、貧乏国の王女だからこそ、軽んじられる可能性は大きい。

だが相手が誰であれ、一度交わした約束は必ず守る。そして相手も守ってくれることを信じる。それはマリアーノ王国、王家の家訓だ。

このマクシミリアンは夫となるジークフリートの側近。今のアリシアにできることは、彼を疑うことではなく、信じること。

心の中でそう唱えたとき、彼女たちの乗った箱馬車がガクンと揺れた。

窓の外に見えるのは深い森だけと思ったが、よくよく目を凝らすと大きな館の前に横づけされたことがわかった。

森の中に建てられた貴族の別宅か、この辺り一帯の領主館か。どちらにしても点《とも》された灯《あか》りが少なく、館の全容を見ることは難しそうだ。

「――到着したようだ。では、アリシア王女、夫となるジークフリート王との対面ですよ。くれぐれも、静かについてきてください。騒がれたら、互いに不快な思いをすることになりますので」

マクシミリアンは表情を凍らせたまま、先に降りてアリシアに手を差し伸べる。その彼の姿は酷《ひど》く緊張しているようで、ピリピリと張り詰めた空気を発していた。

アリシアは妙に気になり、恐る恐る尋ねてみる。

「わたしはわけもなく騒いだりしませんので安心してください。それより、あなたのほうこそ

「大丈夫でしょうか？」

「大丈夫、とは？」

「何ごとか、とても緊張なさっておられるようです」

彼女はマクシミリアンの顔色をそっと窺《うかが》う。

すると、彼は見てわかるほどハッと驚いた。だが、こちらに近づいてくる複数の足音に気づくなり、その表情を押し殺す。

そして、如何《いか》にもわざとらしい声音で、本性を現したとばかりにアリシアを脅し始めたのだ。

「わたくしの心配より、ご自分の身を心配なさるとよろしい。あなたは我らが王に捧《ささ》げられる花嫁。役目にふさわしい高貴な血筋が欲しくて選んだが、さて、王女様に耐えられるだろうか？」

「……おっしゃる意味がわかりません」

「あなたが耐えられぬ場合、次は第二王女をもらい受けることになります。わたくしの言葉を忘れぬように」

アリシアは息を呑《の》んだ。

彼女は六人兄妹の上から二番目だ。王子は兄のレイナルドただひとり。アリシアの下には四人の王女がいた。

（リアに何かすると言うの⁉）

すぐ下の妹、アメーリアのことを思い出しアリシアは胸が苦しくなる。

兄妹は全員、よく似たエメラルドグリーンの瞳をしていた。だが髪の色はそれぞれ違い、光沢のある蜂蜜色の髪をしたアリシアに比べ、アメーリアの髪は黒く艶《つや》めいている。

読書が好きで、行ったこともない遠い国の言葉まで覚えている賢い妹。だがアメーリアはまだ十六歳だ。アリシアですら嫁ぐには早いと言われたのに、アメーリアでは早過ぎるだろう。

「待ってください。わたしは……」

事情はわからないが、国のために嫁ぐのは王女としての務めだ。そして妹たちに危害が及ぶくらいなら、姉である自分が身を挺《てい》して守る覚悟はできている。

彼女がそのことを伝えようとしたとき、やってきた男性のひとりが驚きの声を上げた。

「ほお、これはビックリだ！　本物の王女を山奥から調達してくると言うので、連れて来るのは山猿のお姫様かと思っていたぞ。それが、なかなかどうして、見事な金髪をした美しい王女様ではないか」

男性は舌なめずりをしながら、アリシアの全身を隈《くま》なく見ている。

彼女は嫁ぐ日にふさわしい、純白のドレスを身につけていた。到着するなり、教会で式を挙げてもいいように用意してきたドレスだ。スタンドカラーで繊細に編まれたレースが肩から袖口までを覆っている。これにヴェールをかぶれば完璧だった。

だが、残念なことに男性が見ているのは花嫁にふさわしいドレスではなかった。

清楚《せいそ》なドレスに包まれた張りのある双丘の膨らみや引き締まったウエスト、丸みを帯びた腰から臀部《でんぶ》まで。肩から背中に流れるくすみのない見事な金髪も、結われた髪を見慣れた男性の目には、艶めかしく映ることだろう。

「白いドレスを剥《は》いで、結婚より先に味見してやりたいものだな」

アリシアは背筋がぞくりとした。

男性は黒髪をしていたが、それは頭部のてっぺんを覆うだけだった。額には脂が浮いており、よく言えば男性的……正直に言えば、不潔で下品な印象を受ける。しかも背は低くて、アリシアとそう変わらない。おそらく三十代半ばから後半ではないだろうか。

ジークフリートは三十歳と聞く。

まさかとは思うが、この男性がジークフリートなのだろうか。そう思うと、アリシアの額に汗が浮かんだ。

（この方が〝無敵の英雄〟？　お顔の造作はともかく、いやらしい目つきを隠そうともなさらないなんて。そんな方がシュヴァルツの民を救ったと言うの？　ああ、でも、もし夫となられる方なら、尊敬してお慕いしなくては……）

王女の務めを思い出し、正面から向かい合おうとするのだが、ついつい怯《ひる》んでマクシミリアンの影に隠れてしまいたくなる。

だが、マクシミリアンに彼女を庇《かば》う気など一切ないようだ。素っ気ない態度でアリシアから離れつつ、男性に答えた。

「わたくしは一向にかまいませぬが、無垢《むく》でない花嫁など、王は見捨てるでしょうね。また、王妃にふさわしい花嫁さがしから始めることになる。あなたが王位に就く日が遠くなるだけです」

「ふん！　そんなことわかっておるわ。まったく、ジークフリートめ。あの面倒な男はさっさと殺してやりたいが……」

「そうなると、今度はルドルフ・ツェンタウア上級大将が黙ってはいないでしょう。彼は単純だが、王に身命を捧げています。王の命という盾を失えば、あなたが王と呼ばれる日は永遠にこない」

マクシミリアンはにやりと笑った。

男性がジークフリートではないことにホッとしつつ、アリシアはふたりの会話の内容に、疑問を通り越して戦慄を覚えていた。

「エッフェンベルク殿……今のお話はいったい、どういうことでしょう？」

アリシアは震える声で尋ねる。

「聞いたとおりですよ。〝無敵の英雄〟にはいささか弱点がありましてね。彼は血の繋《つな》がりというものに愚かなほど甘くなる。そのせいで、今はこの館に囚《とら》われの身なのです」

彼はしれっとした顔で恐ろしい内容を口にする。

「と、囚われの!?　では、やはりここは王都ではないのですね。国王陛下が、囚われておいでとは……それでは、あなたはいったい？」

「わたくしですか？　王の側近中の側近、軍参謀、マクシミリアン・フォン・エッフェンベルクに間違いございませんよ。ただ、王の正体は……」

彼はフッと真顔になり、ジークフリートの出自を語り始めた。

今から三十年前、エイブル川東岸の森で野生動物に食われそうな赤ん坊を、その一帯を治める地主貴族、ライフアイゼン伯爵の従者が拾った。

当時も国内外で争いが絶えず、若い男は戦場に駆り出され、子供の数も激減していた。次世代の働き手を確保する意味で、ライフアイゼン伯爵は戦争孤児の面倒を見ていたと言う。赤ん坊は運よくその中に加えてもらえ、生き延びることができたのだ。

その赤ん坊は伝説の英雄の名にちなんで、ジークフリートと名づけられた。

「では……国王陛下は、捨て子だったのですか？　でも、彼のおかげでこの国は平和を取り戻し、国民も喜んで新しい王を受け入れた、と聞きました」

出自がどうであれ、大多数の国民が彼を王として認めている。シュヴァルツ王国の新国王はジークフリート以外にはない。

アリシアの言葉にマクシミリアンは実にあっさりとうなずく。

「おっしゃるとおりです。国家の敵を排除するとき、〝無敵の英雄〟は大変役に立ちました。

だが、平和を取り戻したあと、勇者という存在は邪魔になる。とくに、彼は貴族ではない。むしろ、貴族の敵ですから」

ジークフリートは前国王の縁者を国外に追放し、貴族から財産を没収しようとしていた。もちろん私財を蓄えようとしているわけではなく、国を立て直すためだ。

今は敵対勢力に与《くみ》した貴族からだけだが、やがて、すべての貴族から財産も特権も取り上げるかもしれない。

そんな噂に多くの貴族たちが、戦々恐々としていた。

「こう見えて、わたくしもエッフェンベルク男爵家の当主ですからね」

彼は不気味な笑みを浮かべる。

だが、どれほど邪魔者に思っても、国民から支持を受けているのはたしかだ。しかも、力でぶつかって倒せる相手ではない。そう考えたデーメルを中心とした一部の貴族が、ジークフリートの弱点をついて彼を拉致することに成功した。

あとはジークフリートが従わざるを得ない人質を取り、傀儡《かいらい》の王となることを了承させるか、薬を使って言いなりにさせるか――。

「それがこちらのモーリッツ・フォン・デーメル卿の策でしたが……。上手《うま》くいかず、ひと月も無駄に過ごされたようですね」

「仕方なかろう。傀儡にしようにも、あの男にはどんな薬も効かず、気に入った女も隠し子もおらん。かと言って、殺せば国が荒れることはわかりきっている。クソッ、あの成り上がりの孤児めが！」

デーメルはジークフリートのことを悪《あ》し様《ざま》に罵った。

当初は仲間とともに新国王の所在を探していたマクシミリアンだったが、デーメルの仕業に気づいたとき、彼は単独でデーメルに近づき、ひとつの提案をしたと言う。

弱みがなければ作ればいい、と。

血の繋がった家族という存在に憧憬を抱き、そのせいでジークフリートは何度も危険な目に遭ってきた。家臣の命をも危険に晒《さら》したとき、彼は決して血の繋がった家族は持たないと誓った。

「その誓いを破っていただくつもりです。妻や我が子を見殺しにできる方ではありませんからね」

アリシアには言葉が出てこない。

彼女が驚きから立ち直れずにいたとき、デーメル卿が面白くなさそうに口を開いた。

「ではエッフェンベルク卿、あとのことは私に任せて、貴殿はお帰り願おう」

「それは、このわたくしを追い返そうという魂胆ですか？　どうやら、デーメル卿にはまだ信頼されていないようですね」

「そんなわけがあるまい？　この、やたら時間がかかる作戦に乗ったのも、貴殿を信用したからではないか」

デーメルは小柄ながらふんぞり返った態度だ。一応、マクシミリアンとは対等に話しているが、ジークフリートのことは呼び捨てにしている。

（エッフェンベルク殿が男爵だから？）

アリシアにはモーリッツ・フォン・デーメル卿の名前に聞き覚えはなかった。だが、マクシミリアンの言った『あなたが王位に就く日が遠くなる』という言葉から、彼が前国王の血縁であることは容易に想像できる。

そのとき、デーメルの手がかすかに動いた。

彼の背後に立つ厳重に武装した兵士たちが、ザザッと前に出てくる。そしてデーメルとアリシアを取り囲んだ。

マクシミリアンとは完全に切り離された格好だ。

「ご覧のとおり、この館には私の雇った大勢の兵士がいる。貴殿は一刻も早く王都に戻り、王の結婚に関する手配をしてくれ。それとも、私が信用できない、とでも？」

デーメルの言葉にマクシミリアンは軽く首を振って手を上げた。

「……ただ、王はひと筋縄でいく人物ではありません。早急に王女との婚姻を成立させ、しかと見届けるよう忠告しておきましょう」

彼はそう言ったあとアリシアのほうを向き、

「アリシア王女、王の御前《ごぜん》まで送り届けることはできませんでしたが、どうぞ、無事にお役目を果たされますよう、お祈りしております」

悪意など一切ないような微笑《ほほえ》みを浮かべ、身を翻した。

「エッフェンベルク殿！　あなたは側近中の側近と言いながら、主君を裏切ったのですか？　お答えください、エッフェンベルク殿⁉」

アリシアの訴えに耳を貸してくれたのかどうかはわからない。だがマクシミリアンは足を止め、肩越しに呟《つぶや》いた。

「王に、よろしく、とお伝えください。どうぞ、お幸せに」

彼の横顔には皮肉げな笑みが浮かんだままだった。

☆　☆　☆

目隠しをしたまま、アリシアは階段を下りるように言われた。

何段下りたのだろう？　数えきれないほどの段数を下りたところで、いきなり目隠しを取られ——。

大きな鉄格子が彼女の目に飛び込んできて、そこがどこか、鉄格子の中に何があるのか確認する間もなく、アリシアは檻《おり》の中に突き飛ばされていた。

「きゃあっ！」

彼女が履いている子ヤギ革の靴は、王城や教会の絨毯《じゅうたん》の上を歩くためのものだ。底が薄い作りになっていて、土の上や硬く冷たい石畳の上を歩くものではない。

アリシアは爪先や足の裏が痛くて堪《たま》らなかった。そこを突き飛ばされ、両足がもつれて、鉄格子に顔から突っ込みそうになる。

そのとき、逞《たくま》しい腕が彼女を抱き留めた。

「今度は女か？　俺に何をしても無駄だ。それほどまでに王位が欲しいなら、俺の首を落として城壁に吊《つ》るせ！　モーリッツ、おまえにこの国を治めることができるなら、俺は喜んで死んでやる」

それは、覇気のある勇ましい男性の声だった。

彼の胸はアリシアをすっぽりと包み込む。直感で信頼できるものを感じ、ホッとすると同時にトクンと胸が高鳴った。

しかし、安堵したのもつかの間、背後でガシャンと大きな音が聞こえた。

それはすぐさま閉じられた鉄格子の扉の音。続けて鍵も閉められ、アリシアはその男性――ジークフリートとともに閉じ込められる。

「おい、何を考えてる⁉　俺が女に懐柔されるとでも思ってるのか？　さっさと自由にしてやれ」

「自由にはできんな。その女はマリアーノ王国のアリシア王女——貴様の妻となる女だ」

「……なっ⁉」

頭上でジークフリートの絶句する気配を感じた。

アリシアはゆっくりと彼の顔を見上げる。地下を照らしている灯りは、壁際に取りつけられた蠟燭《ろうそく》のみ。淡い蠟燭の光の中、少し乱れた黒髪が彼女の目に映った。その前髪の間からは、大きく見開いた灰色の瞳が見える。

その瞬間、灰色の鈍い光に吸い込まれるような力強さを感じた。

わずかに影を滲《にじ》ませる凛々《りり》しい目元や形のよい唇が見える。だがその唇から零《こぼ》れるのは、アリシアの知る誰より低い声と乱暴な言葉遣いだ。

一瞬で彼女の胸の奥に〝覇王ジークフリート〟の姿が焼きつく。

だが、彼は心の底から驚いているようだ。

（本当にご存じなかったのだわ。わたしは、国王陛下に望まれたわけではなかった……）

胸の奥がチクンと痛む。ほんの少し、針で刺したような痛みがアリシアの心を弱気にしていく。

如何に無害な小国とはいえ、なんの努力もなく歴史を刻んできたわけではない。

マリアーノ王国は近隣国との友好関係を維持するため、それぞれの国の王侯貴族にせっせと王女を嫁がせてきた。その甲斐《かい》あってか、マリアーノ王家の血は近隣国の王族の血に必ずと言っていいほど混じっている。このシュヴァルツ王国の王族の血にも入っているはずだった。

国のための結婚、それは王女の義務だ。アリシアにも数人の候補者がいて、一年以内には婚約者も決まっていただろう。

『夫と歳が離れていたら、新しいお父様だと思って仕えなさい。年若い夫であれば、弟が出来たと思って大切になさい。自らが不幸だと思えば、人はどんどん不幸になるものです。幸せになれるかどうかは、自分しだいなのですよ』

祖母や母から、五人姉妹は常にそう諭されていた。

ただ今回のことはあまりに急だった。

『マリアーノの王として断ることは難しい、だが、祖父としては賛成できない』

祖父にはそう言われた。

領地ごとにバラバラになりかけたシュヴァルツ王国。ジークフリートによって統一し、平定されたとは言え、敵を殲滅《せんめつ》したわけではない。いつ、どこで、反乱の火の手が上がるとも知れず、そうなれば王妃といえども安全ではなかった。

そしてもうひとつ――密《ひそ》かに聞こえてきていた、新国王の悪い噂だ。

ジークフリートは王城に入ったとたん、これまでの節制を忘れ、酒色に耽《ふけ》る男になってしまった。国民の前に姿を現さなくなり、国政も家臣に任せきりにしている、と。

だがそれは逃げた敵、かつて国政をほしいままにした王侯貴族たちが流した噂かもしれない。

アリシアはそう言って、自らジークフリートの妻となることを承諾したのだ。

（後悔はしていないわ。おじい様に決断を委ねて、あれ以上、苦しめたくなかったのですもの）

王の使者であるマクシミリアンは、言葉にこそしなかったが、断ったら攻め込むと言わんばかりだった。

今になって思えば、ジークフリートの名前を出すだけで思いどおりにできる小さな国の、それでいて、大国の王妃にふさわしい由緒正しい王女が必要だったのだ。

直後、ジークフリートの口から呆《あき》れたような笑い声が上がった。

「この女が王女だって？　そんなことはあり得ない。まともな国のお姫様は、俺のような成り上がり者に嫁ごうなんて思わないはずだ。第一、マリアーノの国王が許さないさ。そうだろ？　正直に言えよ。悪いようにはしない」

今度は灰色の目を鋭くしてアリシアを見た。

そんなジークフリートの言葉にアリシアは困ってしまう。本物の王女だが、それを証明する手立てはない。

ふたりが黙り込んだとき、沈黙を破ったのはデーメルだった。

「偽者など連れて来るものか。私を誰だと思ってるんだ？　先の王が生きていれば、私は公爵を賜《たまわ》るところだったんだぞ」

「だが今は前国王の庶子として追われる身だ。准男爵の身分を取り上げられたおまえが、マリアーノ王国に入る術はない」

デーメルが前国王の庶子と聞き、アリシアは驚く。

シュヴァルツ王国の前国王は〝暗黒王〟と呼ばれる人物だった。二十年ほど前に即位して以降、やたら戦線を広げ、戦況を悪化させた犯人とも言える。

前国王は嫡子を残さないまま、ジークフリートとの戦いで亡くなった。

「やかましい！　捨て子で農奴の貴様に、身分をとやかく言われる覚えはない！」

捨て子と聞いたときにも驚いたが、さらに農奴だったと聞き、アリシアは息を呑む。

ジークフリートはほんの一瞬だけ目を伏せたが、すぐに顔を上げ、デーメルを正面から睨みつけた。

「ああ、そうだ。だから、この女が王女のはずがない、と言ってるんだ」

アリシアは自分の身分を証明したくて、そして、真実を伝えるために口を開いた。

「エッフェンベルク殿です、我が国に陛下の使者として来られたのは。参謀として名高い彼の姿に、お顔を拝見したことのある兄が『間違いない』と」

「黙れ！　余計なことを言うんじゃない‼」

鉄格子の向こうから、デーメルは血相を変えて怒鳴った。

だが、どうして怒るのだろう。どちらかと言えば、デーメルの言葉が正しいと言っているよ

うなものなのに。

首を傾《かし》げるアリシアの横から、ジークフリートが落ちついた声で口を挟んだ。

「なるほど、マクシミリアンが俺を裏切った、と言うことか……まあ、あいつは貴族出身だからな。農奴あがりの男に仕えるのが嫌になったんだろう」

「そんな……そんなふうにおっしゃらないでください。天災であれ、戦争であれ、国民を死なせないのがよい国王だと、祖父が言っておりました。陛下は紛れもなく、よい国王です」

「おまえ、いや、まさか……」

アリシアはじっと彼をみつめたままでいた。すると、ジークフリートのほうも瞬《まばた》きもせずにみつめ続けている。

そのとき、パンパンパンと手を叩《たた》く音が聞こえた。

「お互いに気に入ったようで何よりだ。司祭も連れて来てある。では、今から結婚式を執り行う」

「なんだと？　そんなことをして、どうするつもりだ？」

本当にそうだ。無理やり結婚式を挙げたところで、本物の夫婦にはなれない。ジークフリートが彼女を妻として認め、夫婦の行為をしてこそ子供は授かるのだから。

嫁ぐ日のために教わった夫婦の行為が頭に浮かんできて、アリシアはほんの少し頬《ほお》を染める。

「貴様がこの女を王女と認めようが、認めまいがどちらでもいいのだ。この女を孕《はら》ませて、生まれた子に譲位すればいい。あとは、私たちが摂政となり、この国を治める。民を救うために命を落とした英雄の子だ。馬鹿な国民どもは、言いなりだろうな」

デーメルは愉快そうに笑う。

命を落とした英雄の子――それは子供が生まれたら、ジークフリートを殺すと言っているのだ。

浮かれたことを考えている場合ではない。だが、アリシアには恐ろしくて立っているだけで精いっぱいで……そのとき、ズズッと鉄を引きずる音が聞こえた。

アリシアは足下に目を向け、息を呑む。

ジークフリートの左足首には鉄枷《てつかせ》がつけられていた。一国の王に対して囚人のような仕打ちに、胸が痛くなる。

そして、彼女はあらためてジークフリートの服装を見た。

ザラザラとした質の悪いリネンのシャツと、トラウザーズ。さすがに囚人服とは言えないが、まるで農民のような格好だ。

いつの間にか、アリシアはジークフリートの腕に縋《すが》っていた。悔しくて、悔しくて涙が零れる。リネンのシャツを握りしめる指が、小刻みに震えていた。

ジークフリートもそのことに気づいたらしい。

彼はアリシアの肩を強く抱き、デーメルを睨《にら》み返《かえ》した。

「結婚の誓いを口にする気もなければ、王女とやらを抱く気もない。ふたりきりで閉じ込めたところで、餓《う》えて襲いかかるとでも思ってるのか？　見縊《みくび》るなよ」

動揺の欠片《かけら》も見せない、低い声が地下牢《ちかろう》に響いた。

むしろ、動揺を露《あら》わにしたのは、デーメルのほうだった。足に鉄枷をつけられ、檻の中に閉じ込められたジークフリートに、彼は怯《おび》えている。

デーメルは数歩後ろに下がりながら、

「わ、私は……そ、それでも、かまわんぞ。結婚の誓いも交わさず……抱かないと言うなら、役立たずはお払い箱にするまでだ。貴様が女を抱くまで、調達した女はみんな殺し続けてやる！　新国王には妻殺しの噂が立つだろうがな‼」

しだいに威勢がよくなり、こちらを指差して叫び始めた。

アリシアの悔しさは限界を超え、ついには黙っていられなくなる。

「デーメル卿でしたね？　たとえわたしを殺しても、陛下のお命を奪ったとしても、あなたは王の器ではありません！　恥を知りなさい‼」

小国の王女に――それも十八歳の小娘に叱責されたのだ。デーメルの顔は怒りで真っ赤になる。

「ならば望みどおり殺してやる！　死骸は山に吊るして鷲《わし》のエサにしてやろう。そして、おまえの代わりに妹を差し出させてやるぞ。この男が拒めば、おまえと同じ運命だ！」

とっさにジークフリートから離れ、アリシアは鉄格子にしがみついた。

「そんなこと……おじい様がお許しになるはずがありません！」

「何が王女だ！　おまえも私のことを庶子《しょし》だと馬鹿にしてるんだろう⁉　だが、おまえの国くらい潰すのは簡単だ」

アリシアは唇を噛《か》みしめる。

それ以上、何も言い返すことができない。デーメルひとりならいざ知らず、あのマクシミリアンなら、マリアーノ王国を潰すくらい簡単にやってのけそうだ。

指の先が白くなるまで、アリシアは鉄格子を握りしめる。そのとき、背後からジークフリートの声が聞こえてきた。

「――わかった。アリシア王女を娶《めと》ろう」

王女と呼ばれたこととその内容に、アリシアは目を見開いてジークフリートを見たのだった。

☆　☆　☆

ジークフリートが結婚を承諾してからわずか三十分後――。

ふたりは老齢の司祭から結婚の祝福を受けていた。

老司祭はジークフリートの顔を見るなり、自分が連れて来られた意味を知る。地下牢《ろう》に繋がれた国王の姿に恐れおののき、石畳の上に泣き伏した。

『ああ、なんと言うことでしょう。だが、断るわけには……陛下、何卒《なにとぞ》お許しください。この結婚に祝福を与えなくては、私の村が焼かれてしまうのです。罰は私ひとりで受けますので、どうか……』

老司祭はアリシアに向かっても両手を合わせて祈るように謝る。とても文句を言うどころではなく、むしろ彼女には老司祭の身が案じられてならない。

ふたりはあっという間に夫婦と認められ……。

婚礼用の白いドレスが、無駄にならなくてよかった、と言うべきだろうか。だがまさか、地下牢で結婚式を挙げることになろうとは、マリアーノ王国の家族たちは想像すらしていないだろう。

母と祖母が『いつか訪れる日のために』と織ってくれたレースのヴェールは、馬車に積んだ衣装箱の中にしまわれたままだった。

(おばあ様やお母様に申し訳ないことをしてしまったわ。でも、今はヴェールの心配をしている場合じゃないわね……わたし、生きてもう一度みんなに会えるのかしら?)

考えるほどにアリシアの心は不安でいっぱいになる。

隣に立つジークフリート——結婚したばかりの夫に縋りたくなったが、伸ばしかけた手を途中で止めた。

アリシアはジークフリートに嫁ぐのだ、と覚悟を決めてやって来た。だが彼は違う。

『彼は血の繋がりというものに愚かなほど甘くなる』

マクシミリアンはそう言った。

どういった手段を使ったのかはわからないが、ジークフリートはその弱点を利用され、このデーメルの罠《わな》に嵌《は》まったのだ。

王都やジークフリートの家臣たちは、どうなっているのだろう。アリシアですら気がかりなのだから、彼は心配でならないはずだ。

結婚など考えているときではない。アリシアさえここにやって来なかったら、きっとそう思われているに違いない。

(これ以上、わたしがご迷惑をかけてはいけないわ)

グッと奥歯を噛みしめ、アリシアは不安を呑《の》み込《こ》む。

そのとき、背後からデーメルの声が聞こえてきた。

「さぁて、これで結婚は成立した。あとは、夫婦の契りを交わしてもらわなくては」

ねっとりとした卑猥《ひわい》な声に、首筋を撫《な》でられた感じがする。アリシアが振り向くと、そこにはデーメルだけでなく、十人近くの兵士が残っていた。

彼らは一様にニタニタと笑い、アリシアの全身を舐《な》めるように見ている。その醜悪さに気持ちが悪くなり、彼女は口元を手で押さえた。できる限り、彼らから顔を逸《そ》らせるが、肌に刺さる視線は打ち消しようがない。

「初夜を迎える王女様のために、ふかふかのベッドを用意してやりたいところが……残念ながら、地下牢への階段は狭くてとても運べそうにない」

そんなデーメルの言葉に、兵士たちは声を立てて笑った。

「その前に、女を抱けと言うなら鉄枷を外せ。これでは充分なことはできないぞ」

「おかしなことを言う。鉄枷をつけているのは、女を抱くために使う場所ではあるまい。第一、意識のある貴様を自由になどできるものか。だが意識をなくすほど薬を嗅がせて、ソレが使えなくなっては意味がないからな」

デーメルのからかい半分の返答に、ジークフリートは軽く舌打ちした。

「なら、その手下どもを連れてここから出て行け」

怒りを抑えた声で短く命じる。

しかし、デーメルはさらなる屈辱をジークフリート与えようとした。

「それもできんな。間違いなく夫婦になったと、この目で確認させてもらう。まあ、農奴など野良犬も同じだ。交尾を人間に見られていても、気にはなるまい」

「——本気で言ってるのか？」

「もちろんだ。さあ、やれ。野良犬らしく、私の前で腰を振って喘《あえ》いで見せろ！」

そのとんでもない要求に、アリシアは息をするのも苦しくなる。

そっとジークフリートの顔を見上げると、さすがの彼も青褪《あおざ》めていた。唇を戦慄《わなな》かせ、今にもデーメルに飛びかからんばかりの表情だ。

デーメルや兵士たちも、そんなジークフリートの気配に気づかないわけがない。

だが檻の中、鉄枷までしているとあって彼らは安心しきっているようだ。

「まさか〝無敵の英雄〟ともあろう男が、人に見られているくらいで勃たんとは言うまい？」

さらなる挑発だった。

ジークフリートの怒りが爆発して、暴れ始めるのではないか。あるいは、そこまでしなくてはならないなら、妻などいらない。何人でも勝手に殺せと言われたら……。

（陛下に見捨てられたら、わたしたちはどうなるの？　いいえ、わたしはともかく……何も聞かされずに、妹や他の女性まで連れて来られて、殺されてしまうわ）

アリシアは無力な自分に絶望すら感じ始めていた。

だが、そのとき――。

「そのとおりだ。衆人環視の中じゃ勃たないんだよ」

ジークフリートは苦々しげに答える。

その意外な告白に、デーメルたちは一瞬呆気《あっけ》に取られ……次に、弾《はじ》かれたように笑いだした。

「笑いたければ笑えばいい。だが、気が済むまで笑ったら出て行け」

「それは言い方が違うな。私に頼みたいことがあるなら、『出て行ってください』と頭を下げてみてはどうかな、英雄殿」

ここぞとばかりにデーメルは無茶《むちゃ》な要求をする。

だが、アリシアにはジークフリートが笑われるままになっている理由がわからなかった。たとえデーメルの指摘が事実だとしても、それを認めて恥を掻《か》く必要はない。

この地下牢に足を踏み入れたとき、聞こえてきた言葉は——。

『王位が欲しいなら、俺の首を落として城壁に吊るせ!』

彼は命乞いなどする人間ではないだろう。妻殺しの悪名が立つことを恐れているとも思えない。

なのに、今の彼はデーメルの要求を受け入れ、頭を下げてしまいそうだ。

ジークフリートの情けない姿は見たくない。その思いに駆られたアリシアは、自らの窮地も忘れて叫んでいた。

「そんな必要はありません! 王はあなた様なのですから、このような者に、頭を下げるべきでは……」

「うるさい! おまえは黙ってろ‼」

一喝され、アリシアは何も言えなくなる。

直後、ジークフリートは鉄格子を握りしめた。

「出て行ってください……お願いします。——結婚した以上、必ず契りは交わす。俺は、約束は守る。だから……ここは引いてください。頼みます」

喉の奥から声を絞り出すようにして、ゆっくりと頭を下げる。

アリシアはそんな彼の姿を目にすることが、悔しくてならなかった。

彼女自身は王家に生まれたが、生まれただけでは王族とは言えない。国家や国民のことを思い、有事に犠牲が必要なら、真っ先に自らの身命を投げ出す。何よりも、国民のために戦うのが王族であり、王なのだ。

シュヴァルツ王国に君臨した前国王の一族は、何代にも亘《わた》って王族の権利だけを行使し、国民を踏みつけにしてきた。

ジークフリートは王になるべくしてなった。たとえ捨て子であれ、農奴の身分であれ、多くの人々の支持を得て即位した新国王を蔑《ないがし》ろにするなど、許されることではない。

ふたたび笑い声が上がれば、アリシア自身が声を上げよう、そんなふうに思って彼らに視線を移す。

だが、兵士たちは誰も笑ってはいなかった。

ジークフリートから自由を奪い、屈辱的な目に遭わせているのは彼らだ。それにもかかわらず、アリシアの目には彼らのほうがジークフリートの気迫に押されて見える。

そのとき、王者の気迫に呑まれまいと抵抗するように、デーメルが声を荒らげた。

「まさに、聞いたとおりの愚か者だな！　妻にしたとたん、そこまでして庇うとは。我らが調達した、本物の王女かどうかもわからん女だというのに」

「誰に〝聞いたとおり〟なんだ？　マクシミリアンか？」

ジークフリートの問いにデーメルはふいと横を向く。理由はわからないが、彼はマクシミリアンが裏切ったことを口にしたくないようだ。

そのまま、デーメルはふたりの兵士を呼び寄せ、アリシアたちに聞こえないよう何ごとか命じている。

直後、ふたりの兵士はにやりと笑い、わざわざ剣を外して床に置いた。そして――彼らは鉄格子の扉を開き、中に入ってきたのだ。

「アリシア！　俺の後ろに来い！」

「え？　あの……きゃっ」

兵士たちの行動に首を捻《ひね》りながら、ぼんやり見ていた彼女の腕を掴み、ジークフリートは素早く引っ張った。

「質問はなしだ。黙ってろ」

彼の背後に回され、アリシアの視界は広い背中で埋まってしまう。反射的に彼の背中に手を添え、そっと身を寄せた。

ふいに名前を呼び捨てにされ、速まる鼓動がなかなか鎮まらない。

本当の妻になったようで、窮地にもかかわらずアリシアは安心感を覚えていた。

「夫婦の行為に他人は不要だ。とっとと出て行け！」

「まあ待て、おまえをその気にさせてやろうと言うのだ。花嫁を裸に剥《む》けば、役立たずのソレも元気を取り戻すのではないかな？」

デーメルは鉄格子の外からとんでもないことを言う。

ジークフリートはデーメルの思惑を察して、すぐさま彼女を自分の守れる範囲内に引き寄せたのだ。そのことに気づいたとき、彼が笑われながらもデーメルに頭を下げた真意にまで気づいてしまう。

（まさか、わたしの……ため？　この男たちの前で、恥ずかしい思いをさせないために、庇おうとしてくれたの？）

胸が熱くなり、申し訳なさと感動でアリシアの心は千々に乱れた。

自分でもどうしていいかわからないほど混乱して、ただジークフリートの背中に縋りつくとしかできない。

兵士たちはそんな彼女に近づこうと、

「俺たちは金で雇われただけなんだ。この国の人間でもないし……悪く思わないでくださいよ、王様」

ふたりとも腰を引き気味にして、ジークフリートの気配を窺っている。

アリシアからドレスを剥《は》ぎ取《と》ることに興味はあるが、〝無敵の英雄〟を敵に回すことはしたくない。

彼らの気持ちは実にわかりやすく、透けて見える。剣を置いてから入ってきたのも、奪われて反撃されることを恐れたようだ。

ふたりの男を見て、ジークフリートも覚悟を決めたように声を上げた。

「アリシアを抱けばいいんだな、モーリッツ。わかったから、この連中を俺たちに近づけるな！」

彼の返事にアリシアの鼓動は跳ね上がる。

「あ、あの……あの、こ、国王……陛下」

「シュヴァルツ王国の争いに巻き込んですまない。だが、司祭から祝福を得た以上、俺たちは夫婦だ。ここは黙って、俺に抱かれてくれ」

「それは……」

妻になるつもりで国を出てきたのだから、そのことから逃げるつもりはない。

(でも、こんな檻の中で……動物のように、見世物になるなんて)

それもデーメルのような、下劣を絵に描いて額縁に入れたような男に、神聖なる夫婦の交わりを見られるなど苦痛極まりなかった。

「奴らは、俺のことは殺したくても殺せない。でも、おまえは違う。ここで俺から離れたら、命の保証はできない。おまえが本物の王女なら、俺のような男に抱かれるのは不満だろうが

「そんなことはありません！　あ、いえ……わたしはマリアーノ王国の第一王女で間違いありませんが、でも、あなた様に……不満だなんて」

「……アリシア？」

面食らったようなジークフリートの声に、彼女はハッと我に返る。

これではまるで、どうぞ抱いてください、と言わんばかりだ。はしたない女に思われたのではないか、と自分自身が恥ずかしくなる。

だがいつまでも震えていては、さらに迷惑をかけてしまう。

「いえ、あの、申し訳ありません。足手まといになってしまいました。わたしはどうすればいいのでしょう？　あの……ドレスを脱いで、肌を見せなくてはなりませんか？」

懸命な思いとはうらはらに、アリシアは雛鳥《ひなどり》がさえずるような声で問い返すのが精いっぱいだった。

「その様子だとコルセットはつけてないな。ペティコートは？」

「……い、いえ」

アリシアは首を振りながら答える。

両方ともレディならドレスの下につけていて当然のものだ。もちろんアリシアもいつもならつけているし、衣装箱の中には入っている。

用意された箱馬車はかなり狭く、スカート部分が広がるペティコートをつけたままでは上手く座れなかった。さらには、コルセットをつけてもらうような女手もなく。

そういった事情を説明するには時間が足りない。しかし、慎《つつし》みがないと言っているようにも思え、彼女は慌てて付け足した。

「でも、ドロワーズは穿《は》いています！」

アリシアの力強い言葉に、ジークフリートは困った顔で笑っている。

その表情は飾り気がなく、少年のような笑顔だ。とても無防備で親しみやすく、最初に感じた乱暴な印象を消し去ってくれた。

（なんて素敵な笑顔……ああ、違うわ。わたしは何を考えているのかしら。でも、陛下もこんなときに、どうして笑っていられるの？）

疑問を口にする間もなく、彼は腰紐《こしひも》をほどいてトラウザーズを下ろした。

リネンのシャツ一枚になったとき、裾を左右に分けながら緩く勃ち上がる男性器が目に映り……アリシアは真っ赤になりながら顔を背ける。

一方、ジークフリートは誰が見ていようと臆する様子もなく、鉄格子を背に冷たい石畳の上に座り込んだ。デーメルに背中を向けた格好だった。

「ほら、来いよ、王女様。ドレスを脱ぐ必要はない。裾を少し持ち上げ、俺の脚を跨《また》いで……ああ、腰を落とさず、膝立ちのままでいろ」

気負いのない言葉に誘導されて、アリシアは彼の膝を跨いでいた。

膝立ちになると思っていたより脚を開かなければならず、恥ずかしさに彼女は耳まで赤くなる。ドクンドクンと心臓の音が聞こえ、今にも卒倒してしまいそうだった。

ドレスの裾をほんの少し持ち上げられ、そこからジークフリートの指が滑り込んできた。

「ぁ……やっ」

デーメルや兵士たちに、すべてを見られ、声も聞かれている。

そう思うと、無闇に声を上げることもしたくない。

だが、ドロワーズの内股の部分は縫い合わさっておらず、彼の逞しい指が秘所に直接触れてきて、花芯を掠《かす》めた瞬間——。

「あっんっ……ぁう」

わずかに漏れてしまった声に、兵士たちの気配が色めき立った。

脚を閉じたくても閉じられない。

すると、ドレスの奥に潜り込んでいないほうの手が、アリシアの頭を撫で……そのまま、彼の胸に抱き寄せられる。

「顔、隠してろ。声も聞かれたくないなら、俺のシャツを摑んでいたらいい」

「は……ぃ」

耳朶《じだ》に唇を押し当て、声にならない声でささやかれた。

言われるとおりにしようと思ったそのとき、彼の指がアリシアの無垢な淫芽を抓《つま》んだ。グリグリと捏《こ》ね回《まわ》され、これまで経験したことのない甘い痺《しび》れが羞恥の場所を襲う。

「んっ……んんっ……んんっ」

アリシアはリネンのシャツを握りしめ、堪えきれずに下肢を戦慄かせる。

ドレスの下、ジークフリートの指は花びらを捲《めく》り、蜜窟へと沈めていく。それに合わせて、クチュクチュと小さな音が聞こえてきた。

「かなりきついな。おまえ、本当に……。いや、ちょっと強くするぞ」

何がきついのか、何を強くするのか、わからないままアリシアにはうなずくことしかできない。

すると、聞こえてくる音はしだいにグチュグチュと大きくなっていく。

最初はなんの音かわからなかった。だが指の抜き差しに合わせて、音が変わることに気づき……アリシアはそれが、自分の躰《からだ》から零《こぼ》れ落《お》ちる蜜音だと知る。

「ん？　何やら淫らな音が聞こえてきたようだ。王女と聞いたが、すでに男を知ってるのかもしれんな」

デーメルの言葉で、周囲にまで聞こえているのだとわかり……アリシアの目に涙が浮かんでくる。

彼女はジークフリートの胸に顔を埋め、できる限り小声で訴えた。

「お願いです……もう、指を……中には」

「慣らしてからでないと、つらいことになるぞ」

「でも……周りに、聞かれるのは……い……や、です」

　すると、彼はそれまで抽送していた指を膣内《なか》に入れたまま回し始めた。

　指は膣襞をこすりながら、ゆっくりと動いている。音は聞こえなくなったが、緩やかに、だが確実に、処女窟を押し広げていく。

「挿入するフリでごまかしたいところだが、司祭まで用意してた連中だ。きっと上には医者もいるだろう。だから、本当に入れるぞ」

　その瞬間、彼の指が蜜窟から抜け、代わりの熱が同じ場所にあてがわれた。

　ツプッと先端だけ入り込む。だが、それ以上がなかなか進まない。

「――力を抜け」

　アリシアは声にならず、ふるふると首を左右に振った。

　するとジークフリートは片手で彼女の華奢《きやしや》な腰を押さえ、グンと突き上げる。

「あ……はぁうっ！」

　懸命に耐えようとするアリシアの躰をジークフリートの硬い剣が一気に貫いた。

　杭《くい》を穿《うが》たれ、衝撃に堪えきれず声を出してしまった。だが、破瓜《はか》された瞬間の表情だけは、誰にも見られたくない。彼女は必死でリネンのシャツに顔を押しつける。

直後、デーメルの耳障りな声が聞こえてきた。

「おまえたち、よーく見ておけ。マリアーノ王国の王女が、農奴の妻になった瞬間だ。だが、王女と言っても所詮は女。咥《くわ》え込んだ男のモノで、じきによがり始めるぞ」

クックッと含み笑いまで聞こえてきて……アリシアは耳がカッと熱くなり、その熱に全身が火照ってくる。

「モーリッツ、おまえの希望どおりになったはずだ。この連中を連れて失《う》せろ！」

それはほんの少し上ずった、ジークフリートの声だった。彼が口を開くと、繋がった部分を通じてアリシアの下腹部が刺激された。

熱い塊が胎内で蠢《うごめ》いている。

押し込まれた瞬間の大きな痛みはしだいに薄まっていくが、圧迫感とヒリヒリした痛みはなかなか消えない。

この痛みは、ジークフリートの妻になった証なのだ。

そう思うと仄《ほの》かに胸が温かくなり、同時に、厳しい現実を思い出して身体を震わせた。

「何をやっている？　さっさと腰を振って王女の期待に応えてやれ。それとも、ドレスの下で芝居をしてるんじゃないだろうな？　誰か、王女のドレスを捲り、しかと男根を咥え込んでいるかどうか確認しろ！」

それは鬼畜としか思えない要求だった。

デーメルは本気でジークフリートのことを〝犬〟のように扱うつもりでいる。彼の妻になったアリシアのことも。そう確信して、彼女はいっそう強くジークフリートの胸にしがみつく。

「くっ……いい加減にしろ！」

ほんの少し頬を歪《ゆが》めつつ、ジークフリートは毅然《きぜん》として顔を上げる。そして肩越しに振り返り、デーメルに怒鳴りつけた。

だが、そんなジークフリートの顔つきを見て、デーメルも負けじと怒鳴り返してくる。

「その顔だ！　貴様のその賺《すか》した面が気に食わんのだ。もっと無様な姿を晒して見せろ。――ほら、おまえたち、さっさとせんか！」

デーメルに急《せ》かされ、先ほど檻の中に入った兵士のうちのひとりが、恐る恐る近づいてきた。

ジークフリートの足には鉄枷がついており、自由には動けない。抵抗できるものなら、ひと月も囚《とら》われたままではいないだろう。

そして、アリシアに為《な》す術《すべ》はなかった。

このまま辱めを受けるしかない。胎内にジークフリートの熱を感じたまま、彼女は身じろぎもせずに耐えようとする。

兵士の手が彼女の純白のドレスに触れ――そのとき、足の鉄枷に繋がれた鎖がガチャンと音を立てた。

「うわっ⁉」

兵士はアリシアのドレスを捲ることに意識を取られ、足下をまったく見ていなかった。鎖を跨いだことにも気づかず、ジークフリートがほんの少し鉄枷を動かしたことで、兵士は足首を払われたのだ。

前のめりに倒れ込み、ジークフリートの手が届く位置まで飛び込んでしまう。

それを見逃すジークフリートではなかった。

彼は片手でアリシアの身体を抱きしめたまま、空いた手で兵士の喉元を鷲摑みにする。

兵士の首筋にジークフリートの指が食い込み――刹那、勢いをつけて石畳に叩きつけられた。

それはまるで、ひっくり返された亀のような憐《あわ》れさだ。

「妻に触れるな。俺は自分のために人は殺さない主義だが、誰かを守るためなら容赦はしない」

ことさら喚《わめ》くでもなく、ジークフリートは静かに告げる。

「ここから生きて出るために逆らわずにいたが……これ以上、彼女を辱めるなら、その限りじゃない」

覇王と呼ばれる男に凄《すご》まれ、金で雇われた兵士たちの士気は一瞬で挫《くじ》かれた。

彼らは仲間を助けるどころか、剣すら抜こうとしない。少しずつ後退して、そのまま石段を駆け上がり、我先にと逃げていく。

「お、おいっ⁉　おまえら、金を払わんぞ！」

デーメルの慌てふためく声が聞こえる。

彼も逃げると思ったが、予想に反して床に置かれた兵士の剣を手に取り、ジークフリートに向かって喚き始めた。

「そ、そこまで言うなら、殺してやる！　王女を庇《かば》うために、私に背を向けたんだろうが……せ、背中が、がら空きだぞ！　そんな兵士のひとりやふたり、勝手に殺せ。今のおまえなら、私にでも殺せる」

ジークフリートはデーメルを一瞥《いちべつ》し、

「殺《や》れよ。だがしくじったときは、俺に剣を渡すことになるぞ。ああ、もちろんすぐに返してやる――おまえの腹に、な」

言い終えると同時に、兵士から手を放した。

兵士は顔面蒼白《そうはく》で声も出ないらしい。喉を押さえながら、這《は》うようにして鉄格子から出ると、ようよう立ち上がり逃げていった。

地下牢はアリシアとジークフリート、そしてデーメルの三人になる。

デーメルは剣を構えているものの、実際に振り回したことはないのだろう。腕が重みに耐えられず、切っ先がどんどん下がっている。

「モーリッツ‼」

ジークフリートに名前を呼ばれ、デーメルはびくっとして剣を落とした。

彼はあたふたしながら、それでもしっかりと鉄格子の扉に鍵をかけ、

「き、貴様の、勝ち……じゃない、からな。しっかり頑張って、王女を孕《はら》ませるんだな。そのときは……え、遠慮なく、殺してやる」

負け惜しみにしか聞こえない言葉を残し、デーメルも石段を上がっていった。

第二章　脱出

地下牢に静寂が訪れた。

アリシアがここに到着して、初めてとも言うべき静けさだ。

そして、彼女は初めて、夫となったジークフリートとふたりきりになる。それも、彼を受け入れたままの体勢で……。

一気に羞恥心が込み上げてきて、アリシアは何を言ったらいいのかわからない。

（そう言えば、ご挨拶もしてなかったような……でも、こんな格好のままでは、何も言えないわ）

あらためて名前を告げるのも愚かしい。だが、『よろしくお願いいたします』と言うのも、繋がったままの姿にふさわしい挨拶ではないだろう。

彼女がひとり悩んでいたとき、ジークフリートの口から大きなため息が漏れた。

「あ、あの……申し訳ございません。いろいろと、その……ご迷惑をおかけしてしまって」

「いや、そうじゃない。悪いんだが……早くどいてくれ」

突然の拒絶に、アリシアは胸が絞られるように苦しくなった。

デーメルの卑猥な要求から庇われ、『妻』と呼んでもらえたことで、認められた気になっていた。だがジークフリートにすれば、アリシアは彼の人生に闖入《ちんにゅう》してきた厄介者にすぎないのだ。

「すみません……わたし、なんと言って謝ったらいいのでしょうか。本当に、ごめんなさ……い」

「だから違うと言ってる。ああ、そうか、わからないのか——クソッ！」

ジークフリートの苛《いら》立《だ》ちを目にするたび、自分の存在が居た堪れなくなる。

「モーリッツの前では平気な顔をしてたが、実はそれほど余裕がないんだ。はっきり言えば、おまえを突き上げたくて堪らない」

「え？　つ、突き上げ……ですか？」

予想外の言葉を聞き、思わず繰り返してしまう。

すると彼は、なんとも言えないような照れ笑いを浮かべた。

「花嫁をこんなところで破瓜した上、自分が満足するまで相手をさせるなんて……そこまで悪党にはなりたくないんだよ」

「そんなこと、陛下が悪党だなんて思っていません！　あ……でも、すみません。どういう意味かは、全然わからないんですが」

「まあ、いい。追々教えてやる。とにかく、俺のほうから動いたら、たぶん止められない。だから、おまえが腰を浮かせて抜いてくれ」

アリシアはよくわからないまま、彼の言うとおりにしようとした。

太ももや腰に力を入れて、彼女のほうから離れようとするのだが……。太ももがプルプルと震え、腰にも力が入らない。

結果、ジークフリートを受け入れたまま、下半身をもぞもぞと動かすだけになってしまった。

「お、おいっ!? ちょっ……はぅっ！ ま……待て、アリシア。誰が、腰を動かせと言っ……た」

彼の口から悩ましげな吐息が漏れ、声が掠れる。困ったような声を出しつつ、ジークフリートの吐息はドンドン荒くなっていく。

「あの、脚に力が……入らないんです。こ、腰にも、力が……。すみません、陛下のほうから抜い……いえ、離れてください」

抱きついていた上半身だけでも彼から離し、アリシアは涙声でお願いする。

だが、ジークフリートはそんな彼女の身体を逆に抱きしめた。

「無理だ、もう。――ちょっと痛くするぞ。我慢しろ」

「え……あ……きゃっ……ゃんんんっ！」

膣内《なか》に感じるジークフリートの雄身が、さらに大きく硬くなった。柔らかな襞を押し広げ、先ほどの一撃では未通だった部分まで侵入してくる。

蜜窟の天井を突かれ、初めての痛みにアリシアの頬に涙が伝う。

「悪い……あと、少し……」

四度、五度と荒々しい抽送を重ねる。

アリシアの華奢な肢体が彼の膝の上で悩ましく跳ねた。それが二桁に達したころ、ジークフリートは彼女の髪に顔を埋め、ピタリと動きを止める。

飛沫《しぶき》を躰の奥に感じ、アリシアは初めての、そして不思議な感覚を味わっていた。

数分後――乱れた衣服を整え、アリシアは少し離れた場所に腰を下ろした。

ジークフリートはすでに身なりを整え、壁を背にして目を閉じて座っている。そんな彼を遠くからみつめ、アリシアは信じられないほどのときめきを感じていた。

地下牢に点《とも》された数少ない蠟燭の灯《あか》りではわかり難《にく》いが、抱きついた感覚では、ジークフリートはとても立派な体躯《たいく》の持ち主だ。

アリシアの身近にいる若い男性と言えば、四歳年上の兄レイナルドくらいだが、兄はここまで送ってくれたマクシミリアンよりマシという程度だった。最も逞《たくま》しい男性で思い浮かぶのは、城の衛兵の中で一番強い護衛長だろう。だがその護衛長でも、大の男を片手で制するほどの強さはなかったように思う。

（わたし……この方の妻になったのだわ）

不安はあるものの、彼がいてくれたら大丈夫、ジークフリートを見ているとそんな気持ちになる。

だがアリシアは、彼に望まれて妻になったのではなかった。

彼女自身も騙された被害者とはいえ、この国のためにも、一刻も早くジークフリートを逃がすことを考えなくてはいけない。

（この場で殺されずに済んだのは、陛下のおかげだから……ちゃんとお役に立たなくては、助けていただいた意味がないもの）

マリアーノ王室と国民の結束は固く、誰もが助け合って生きている。

その中で、第一王女のアリシアが追うべき責任は大きく、決して、〝王女様〟として甘やかされて育ったわけではなかった。

たったひとりの王子であるレイナルドは、やがてマリアーノ王国の王となる身。他に王子がいないのだから、アリシアが精いっぱい支えられる存在にならなくてはいけない。さらには、妹たちの手本となるよう、そう言われてきた。

たとえ望まれていなくても、結婚した以上、今度は夫であるジークフリートの役に立つことが務めだ。

彼の身に危険が及んだら、アリシアが盾になるくらいのことはしなくてはいけない。

（これ以上、守られているだけではダメよ。ただでさえ、陛下にとっては押しかけてきた花嫁――厄介者だと思われているはずなのだから）

浮ついた気持ちに自ら釘《くぎ》を差す。

「アリシア……」

ふいに名前を呼ばれ、「は、はい！」と慌てて答える。

あらためて彼の顔を見ると、濃灰色《のうかいしょく》の瞳がじっとアリシアを見ていた。

「おまえ、本当にマリアーノの王女なのか？」

「はい。イサンドロ国王の息子、フェルナンド王太子とレティシア王太子妃の娘、アリシア・エスペランサ・マリアーノと申します。どうぞ、よろしくお願いいたします」

できる限り優雅に、アリシアは居住まいを正して会釈した。

するとジークフリートは黒髪を無造作に掻《か》き上《あ》げ、大きく嘆息する。

「……まいったな。この俺が、王女を妻にするとは」

「わたしでは、お気に召しませんでしたか？」

「おまえがどうってわけじゃない。ただ、王族って連中が信用ならないだけだ。マクシミリアンも罪なことをしてくれる」

彼の困惑した声に、アリシアは膝の上でぎゅっと両手を握った。

「では……ここから無事に出られたときは、司祭様に結婚の無効を宣言していただきましょうか？　そのときは、わたしはひとりでマリアーノに戻ります」

心苦しいが、ジークフリートが一番喜んでくれそうな提案をしたつもりだった。

アリシアとの結婚を無効にすることで役に立てるなら、彼女自身の不名誉など二の次にしてもかまわない、と。

ところが、聞こえてきたのは極めて不愉快そうな声。

「出生も定かでない農奴あがりの王に抱かれたことなど、さっさと忘れたいってことか？」

「違います！　わたしは……わたしは……」

何をしても、何を言っても、彼に喜んではもらえない。

そう思うと、無力な自分がうらめしくてならず、膝の上で握った手をさらに強く握りしめた。

そして、泣くまいとして奥歯を噛みしめたものの、目の前の光景が揺らぎ始め……アリシアは慌てて目を瞑《つぶ》る。

そのとき、ジャラリと音が聞こえた。

ジークフリートが立ち上がり、彼女の目の前までやって来た音だった。彼はしゃがみ込むと、アリシアの頬にそっと触れる。

「俺が、泣かせてるのか？」

泣くつもりはなかったのに、止められずに涙を零していたようだ。

「すみません……普段はこんな、泣いたりしないのです。でも、今日は、あまりにいろいろなことがあって……」

「マリアーノはたしか、戦に巻き込まれたことのない国だったな。そんな国の王女様が、いきなり地下牢にぶち込まれて、しかも……あんな目に遭わされたんだ。泣くなってほうが無理だ」

優しい言葉だったが、アリシアは首を振った。

たしかに予想外のことばかりで恐ろしい目に遭っている。

数日前、家族や国民に見送られてマリアーノを発《た》ったときは、賑《にぎ》やかな王都に着きしだい、盛大な結婚式が行われるのだとばかり思っていた。

自分は覇王にふさわしい花嫁になれるだろうか、そんな心配ばかりしていたことが遥《はる》か昔のようだ。

だが今のアリシアの涙は、そんな理由で流れているのではなかった。

「陛下を困らせて、迷惑をかけてしまったことが悲しいのです。エッフェンベルク殿がおっしゃられたお言葉、陛下は血の繋《つな》がりを……大事にするお方だ、と」

正確には『血の繋がりというものに愚かなほど甘くなる』――マクシミリアンはそう言った。

だが、そのままを口にすれば、ジークフリートをさらに傷つけるように思えて、アリシアは言葉を変えて伝える。

「こんなふうに、無理やり結婚しなくてはならないなら、せめて陛下のお気に召した方を妻にしていただきたくて……」

「おまえのことを気に入ってないとは言ってないぞ」

「でも、何度もため息をついておられました。陛下に困ったような顔をされると、どうしようもなく悲しくなってしまいます。妻として、お役に立ちたいのに」

自分でも持て余す感情だった。

異国の王室に嫁ぐときは、決して感情のままに動いてはいけない——そう教えられてきたのに。ジークフリートのひと言ひと言に心が揺らぎ、衝動的に動いてしまいそうになる。

もう一度謝ろうかと思ったとき、ジークフリートの手がドレスの裾からチラッと見える彼女の足に触れた。

「きゃっ！」

「おまえ……こんなに冷えてるじゃないか。石畳に上に座り込んでるからだ。寒いなら寒いと言え」

「そ、そんな、寒いなんて……まだ、秋になったばかりですし」

ちょうど暑い時期が過ぎた辺りで、外を歩くには心地よい季節だ。だが、言われてみれば、石や鉄に囲まれた地下牢は上に比べてずいぶんと寒い。

するとジークフリートは彼女をドレスごと抱え上げ、自分の膝に載せた。

「あ、あの……陛下」

さっきは跨《また》って座ったその場所に、今度は脚を揃《そろ》えて横座りになる。彼も先ほどと違い、トラウザーズは穿いたままで胡坐《あぐら》を掻いていた。

「ジークだ。夫婦になったんだから、陛下はやめろ。それとも、おまえ自身が他人行儀に扱われたいのか?」

「そ、そんなこと……あの、ジークフリート様……?」

「ジーク」

それだけを口にして彼女の目をジッとみつめる。

アリシアのほうが根負けして、

「ジーク様……では、ダメですか?」

ビクビクしながら上目遣いに尋ねてみた。

すると最初は難しい顔をしていたジークフリートだったが、突然、吹き出すように笑った。

「妻にそんな顔されて、ダメと言える男はいないだろう」

「それは……わたしをこのまま、あなた様の妻として、シュヴァルツ王国に置いてくださると言うことですか?」

アリシアの心に一瞬で灯りが点る。

それに合わせるように、ジークフリートの顔もぱあっと明るくなった。

「おまえな、無垢《むく》じゃなくなったくせに、司祭に嘘《うそ》をつくつもりか？　おとなしそうな顔をして、考えることは無茶だな」

怒っている感じではなく、どこか楽しそうな口ぶりだ。

だが言われていることは恥ずかしくて、アリシアは返事の代わりに頬《ほお》を染めた。

「無茶と言えば、マリアーノの国王も相当だ。不穏分子も多いシュヴァルツに、よく嫁にやる気になったもんだ。――ひょっとして、マクシミリアンが脅したのか？」

ふいにジークフリートの声が沈む。

「シュヴァルツ王国の噂は、わたしもいろいろと聞きました。でも、エッフェンベルク卿のことは……。ただ、おじい様はわたしに『マリアーノの王として断ることは難しい』と」

彼のことを思い、アリシアは言葉を濁すように答えるが……当のジークフリートにその気遣いは伝わっていないようだった。

「国民を死なせないのがよい国王……か」

そう呟くと、彼はアリシアから目を逸らせた。

「ジーク様？」

「おまえは、国民を死なせないために、俺のもとに嫁いできたんだな」

その声が先ほど以上に沈んでいたので、アリシアは胸が詰まる。

祖父のために決断したことは間違いない。だが、生贄《いけにえ》の羊になるつもりでジークフリートに嫁ごうとしたわけではなかった。

「〝無敵の英雄〟だと聞きました。シュヴァルツの民を救った〝神に選ばれし勇者〟である、とも。そんな陛下……ジーク様から妻にと望まれていると言われて……」

彼の膝に乗ったまま、アリシアは縋るように彼の顔をみつめていた。

同じように彼女の瞳をみつめていたジークフリートの口が、その先を聞きたいとばかり、ゆっくりと動く――。

「俺から、望まれていると言われて？」

「嬉《うれ》しいと、思いました。だから、わたし……あ……んっ」

ひんやりとした空気がわずかに震えた気がした。少しずつジークフリートの顔が近づき、アリシアがすべてを答える前に、ふたりの唇が重なった。

夫婦として躰を繋げたふたりだったが、これが初めての口づけだ。

出会ってから数時間、ジークフリートの荒々しい姿ばかり見ていたせいか、彼のキスは激しいに違いないと思っていた。だがアリシアの想像とは異なり、実に優しく繊細なキスだった。

唇の上を踊るように軽く啄《ついば》み、そしてふいに強く押し当ててくる。アリシアが息苦しくなると唇を離し、頬や瞼《まぶた》、額と、順に唇で攫《さら》っていく。

「んん……あ、ぁん……んっ」

自分でも驚くくらい、吐息が色づいていた。

ジークフリートの唇が首筋から耳の裏側に押し当てられたとき、

「美味《おい》しそうな蜂蜜色《ハニーブロンド》の髪だ。甘くて、いい匂いがする」

アリシアに負けないくらい、甘やかな声が聞こえてきた。

「たっ、食べられ……ません、よ?」

「ここにベッドがあれば、遠慮なく食っちまうんだけどな……せめて、干し草でもいい」

「干し草……ですか?」

唖然《あぜん》として尋ねると、ジークフリートは笑いながら教えてくれた。

「ああ、石畳や土の上に比べたら、寒さも凌《しの》げるし寝心地も悪くない。たっぷりの干し草の上に、おまえを押し倒して、思う存分突き上げたい」

アリシアの手を掴み、瞳をみつめたまま手の甲にキスする。

直接的過ぎる気はするが、素朴で飾り気のない言葉だった。その言葉にこんなにも心を揺さぶられるとは思わなかった。

彼の唇が触れた場所から熱が生まれ、波紋のように広がり……ゾクゾクする感覚が足下から這《は》い上《あ》がってきて、アリシアの鼓動は鎮まる気配を見せない。

そしてそのまま、ジークフリートから目が離せなくなる。

「わ、わたしは……あなた様が望まれるなら……」

そう答えたあと、押し込まれた瞬間の痛みがアリシアの躰に甦《よみがえ》った。

あれは何度も経験したいとは思えない痛みだ。しかも、あのときの状況は……もう二度と繰り返したくない。

だがそれ以上に、ジークフリートが必死に彼女を守ろうとしてくれたこと、そして、最も親密になったあの瞬間は、忘れようにも忘れられない。

「デーメル卿の前では……ちょっと、いいえ、かなり嫌です。でも、わたしのために、王であるジーク様に頭まで下げさせてしまいました。何か、お役に立ちたいのです。どうぞ、なんでもおっしゃってください」

そのとき、ジークフリートの瞳が大きく見開かれた。

「おまえは、俺の知ってる王女とは全く違うんだな」

「そうなのですか？」

アリシアの胸はチクンと痛んだ。

彼の知っている王女とは、どこの王女のことなのだろう？　誰と比べられたのか、考えるだけで胸がチクチクと痛み続ける。

「だが、女のおまえが俺の役に立とうなんて考えなくていい。妻を守るのは俺の役目だ。頭くらいいくらでも下げるし、必要なら、奴《やつ》の股座《またぐら》だってくぐってやる」

「……ジーク様」

信じられない言葉に声を失う。

兄のレイナルドであったなら、敵の股の下をくぐるくらいなら、殺されたほうがマシだと言うはずだ。

だが、ジークフリートなら本当にやるのだろう。

「それでも役に立ちたいって言うなら――アリシア、おまえが俺の子供を産んでくれ」

心を射抜かれた気がした。

一瞬で胸の痛みが消え、今度は息をするのも苦しくなる。それくらい、ジークフリートは真剣なまなざしで彼女をみつめていた。

「わたしで……いいのですか？」

「ああ、おまえしかいない。たしかに、望んだ結婚とは言えない。でも、俺は結婚の誓いは守る。庶子を作る気はないから、俺の子供は全員、おまえに産んでもらう。それでいいよな？」

アリシアはこくんとうなずく。

だが、すぐにハッとしてデーメルの言葉を思い出した。

『民を救うために命を落とした英雄の子』

子供が生まれたら、ジークフリートはすぐに殺されてしまうのだ。

「ダ、ダメです……今、あなた様のお子を授かるわけには……」

「モーリッツの言ったことなら気にするな」

「でも、デーメル卿のお考えではなく、エッフェンベルク卿の提案だと……わたしは聞きました」

マクシミリアンの名前が出て、ジークフリートは何ごとか考え込んだ。

そしておもむろに口を開き、

「あいつはおまえに何か言わなかったか？」

彼女に向かって尋ねる。

「わたしに言われたことは……王に、よろしく、と。ああ、それから、わたしではなくデーメル卿に言っていたことがあります」

今思えば、マクシミリアンが言ったのだ。

『早急に王女との婚姻を成立させ、しかと見届けるよう』

おそらく、彼の忠告を聞き、デーメルはあんなにも結婚を急かし、夫婦の契りを交わすまで見届けようとしたに違いない。

「エッフェンベルク卿は頭の切れる方だと聞きました。あの方の裏をかいてここから逃げ出すのは、大変なのではありませんか？」

「そうだな……子供ができなきゃ、連中はおまえを殺して、次の王女を連れてくるだろうしな。それも、マクシミリアンなら早急に手を打つはずだ。あいつを敵に回したときは、少々厄介だな」

ジークフリートの言葉は正しい。

デーメルは次の手が思い浮かばなかったのか、無為な時間を過ごしたと言うが、マクシミリアンならそんなことはしないだろう。

だが、もし、アリシアに懐妊の兆候が現れたら……。

ふたりはすぐに引き離される。ジークフリートを〝傀儡《かいらい》の王〟にするための人質とされ、どこかに閉じ込められるはずだ。

そして子供が生まれるまでの時間で、マクシミリアンはデーメルの復権を図るに違いない。

デーメルが国民から摂政として認められるように。

そうなったとき、マリアーノ王国に助けを求めたいが、軍隊すら持たない国にジークフリートやアリシアを助ける術はない。

とはいえ、他に救いを求める心当たりもないのだ。

アリシアの気持ちがどんどん沈んでいきそうになったとき、ふいに、ジークフリートが彼女の耳に噛みついた。

「きゃっ⁉　きゅ、急に、何を……」

「そんな顔をするな。これでも、剣を手にした俺は、〝無敵の英雄〟なんだぞ」

耳朶に唇を押しつけながらささやかれ、アリシアの下半身は彼の熱を思い出す。

奥深くまで、彼を受け入れたときの感覚が浮かんできて、躰の芯まで蕩《とろ》けてしまいそうだ。

そして……。

「俺より先に、おまえは死なせない。だから——いいか？　俺の言うとおりにして、絶対に傍から離れるな。必ず守ってやる」

その言葉を聞いた瞬間、アリシアの心は彼の熱で完全に溶け落ちてしまった。

明日のことさえもわからない。そんな状況にもかかわらず、彼女の心は幸福に満ち足りていた。

今このとき、抱えている問題など、たいしたことではない、とすら思えてしまう。

何度めかの口づけを受け止めながら、アリシアはジークフリートの胸に身体を預け、そっと目を閉じた。

☆　☆　☆

「——シア、起きるんだ、アリシア！」

名前を呼ばれ、アリシアは慌てて目を開けた。

彼の口づけを受け止めていただけのつもりだった。それなのに、目を閉じたまま眠りに引き込まれていたようだ。

（わたしったら、なんと言うことを……）

この窮地に眠りこけてしまうなど、我ながら信じられない。王女であればもう少し繊細な神経をしている、と思われるのではないか。

そんなふうに思いを巡らせ、アリシアは自分の図太さが恥ずかしくなってくる。

「す、すみません……ジーク様の上で……わたし、眠ってしまったみたいで」

嫌な顔をされると思ったのだが、意外にもジークフリートは感嘆の声を上げる。

「いや、さすが王女様は違う。地下牢で俺に抱かれたまま熟睡するなんて、腹の据わり具合が半端ないな」

「それは、その……あの……」

「続きはベッドの上でたっぷり眠らせてやるから、今は目を覚ましてくれ。ほら、上から、かなり慌てた様子の足音が聞こえるだろう？　そろそろ、始まったらしい」

アリシアは自分が寝ぼけているのではないか、と思った。ジークフリートが何を言っているのか、さっぱりわからないのだ。

「ベッド……干し草のベッド、ですか？」

彼女は本気で尋ねたのだが、ジークフリート困ったように頭を抱えている。

「干し草がよければそれも用意してやる。だから、しっかり目を開けてろよ、アリシア。何が起こっても騒ぐんじゃないぞ」

「は……い」

ぼんやりした頭でとりあえず返事をする。

だが、彼の言った内容が気になり、聞き返してみようと思ったそのとき、石段をふたりの兵士が転げるように駆け下りてきた。


兵士たちは慌てた様子で鉄格子の扉の鍵を開け、檻《おり》の中に飛び込んでくる。

ふたりとも抜き身の刃を手にしていた。それを座り込んだままのジークフリートに向け、上ずった声で怒鳴る。

「ほら、立て！　立つんだ、早くしろ‼」

「ちょっと待てよ！　女だ、この女を人質にしよう。でなきゃ、こいつは危険だ」

不用意に近づこうとしたひとりを引き止め、もうひとりがアリシアを人質にしようと言い始める。

「あ、ああ、そうだな。女、来い！　早くしろよ、殺すぞ‼」

ゆっくりと立ち上がるジークフリートに身体を支えられ、アリシアも立ち上がったところだった。ほんの少しふらついたが、爪先までちゃんと力が入る。

ホッとした瞬間、脚の間に何かが挟まっている違和感を覚え、顔が熱くなった。

「何やってんだよ、早くこっちに来い！」

ずいぶんと上を気にしながら、彼らは目を血走らせて叫ぶ。

アリシアはジークフリートのシャツを摑んだままでいたが、その手をジークフリート自身に離すよう促された。

さっき檻の中に兵士たちが入り込んできたとき、ジークフリートは彼らがアリシアのドレスに触れることすら拒んだ。『絶対に傍から離れるな。必ず守ってやる』そう言ってくれたはずなのに、あっさり兵士たちに引き渡してしまうのかと思うと、かなり切ない。

「――俺を信じろ」

アリシアが不安そうな顔でリネンのシャツから手を離したとき、彼女にだけ聞こえる声でジークフリートはささやいた。

その言葉に後押しされるように、一歩、二歩とアリシアは彼から離れる。

足に嵌《は》めた鉄枷のせいでジークフリートの手が届かない距離まで来たとき、彼女は兵士のひとりに捕まった。

「きゃ……い、やっ」

背後から抱きつくように腕を回され、ジークフリートに向かって盾のように立たされる。

「今から館を移るそうだ。急に決まったことだから、あんたを眠らせてから移すわけにはいかなくなった。でも、この女が人質だ。妙な真似《まね》したら、迷わず殺すからな」

もうひとりの兵士は剣を手に、ジークフリートを威嚇しながら近づく。兵士はたどたどしい手つきでジークフリートの足から鉄枷を外そうとしている。

「マリアーノ王国の王女を殺すのか？」

兵士の動揺を誘うような、ジークフリートの声だった。

「そ、そんなこと、本物の王女かどうか、わかったもんじゃねぇ」

「本物だったら後々外交問題になる。めでたく俺から王位を取り上げたあかつきには、モーリッツは王女殺しの犯人を処刑するか、マリアーノ王国に引き渡すだろうな。どちらにしても、おまえたちに未来はない」

兵士は鉄枷を外すなり立ち上がり、ジークフリートの喉元に剣を突きつけた。

「うるせぇ！　そのころには俺たちは自分の国に戻ってんだよ！　この国がどうなろうが、あんたが死のうが生きようが、知ったこっちゃねぇんだ！」

ジークフリートはとくに慌てる様子もなく、左足に体重をかけて、軽く飛び跳ねるように動かしている。

問題なく動くことを確認したあと、今度は自分の前に立つ兵士に向かってのんびりした口調で尋ねた。

「鉄枷を外すときは、両手首を鎖で縛ってから……そう言われなかったか？」

言い終えたとき、兵士の手にあった剣はジークフリートの手の中に移っていた。彼はすぐさま、剣を逆手に持ち替える。

「アリシア、動くな‼」

鋭い声をかけられ、アリシアの身体は一瞬で固まった。

彼女の真横を白刃の颪が通り抜ける。

金色の髪が数本、その颪にふわりと靡《なび》き――。

次の瞬間、短い呻《うめ》き声《ごえ》が背後から聞こえてきた。

何が起こったのか、戦とは無縁の世界で生きてきたアリシアにも容易に想像できる。だがそれを目にすることはとても恐ろしいことで、振り返ることができなかった。

一方、ジークフリートは兵士の手首を摑んだまま、自由になるほうの腕を兵士の首に回していた。

敵に逃げる隙を与えず、瞬時に首の骨をへし折る。

ジークフリートの手に剣が渡ってから、ふたりの兵士を倒すのに要した時間は十秒もかかってはいなかった。

固まったままでいるアリシアのもとに、彼はゆっくりと歩み寄る。

「俺が怖いか?」

彼はひと言だけ口にした。

怖くないと言えば嘘になる。これほどまでに死を間近で感じたのは、アリシアにとって初めてのことだった。

そして、その死を兵士たちに与えたのはジークフリートなのだ。

だがこれが、『俺より先に、おまえは死なせない』そう言ってくれた、彼の命がけの誠意ではないだろうか。

アリシアは深呼吸して気持ちを落ちつかせながら、首を左右に振る。

「これが、シュヴァルツ王国の現実なのですね。戦《いくさ》のない国にするために、戦っておられるのですよね？　わたしはあなた様を信じます」

震える声で、彼の瞳をじっとみつめ、素直な気持ちを伝えた。

そんなアリシアの髪に彼の手がすっと伸びてきて、優しく撫でたあと、抱き寄せられたのだった。

「後ろは見るな。おまえが見るもんじゃない。開いたままの扉から出て、振り向かずに石段まで行け」

言われるまま、アリシアは前に進んだ。

石段に足をかけたとき、ジークフリートもやって来た。おもむろに彼女の手を摑み、石段を上がっていく。

彼の手にはアリシアに突きつけられていた剣があった。

こういう事態になれば、結婚式のためにあつらえた純白のドレスは邪魔にしかならない。彼女は裾を踏まないように、ひと纏《まと》めにして持ち、必死でジークフリートについていく。

ようやく石段を上がりきり、ホッとして辺りを見回すが……そこには真っ暗な廊下が続くだけだった。


「ここは……どこなのでしょう？」

アリシアは驚いて声を上げる。

だが、これまで囚われていたジークフリートにわかるはずもないだろう。

「真っ暗な廊下だな」

見たままの返事に、彼女はどう反応したらいいのかわからない。

石段を上がりきれば、箱馬車で乗りつけた館の大広間か玄関に出られると思っていた。だが、上がりきったあとも石造りの壁が続き、ここには蠟燭の灯りすらない。

深淵《しんえん》の闇を覗《のぞ》き込《こ》んでいようだ。まだ、蠟燭の灯りがある地下牢《ろう》のほうが安全のような気もしてくる。

だが、戻るわけにはいかなかった。どれほどの闇であっても、進む以外にふたりが助かる道はないのだ。

しばらくすると、ジークフリートは方向を決めて歩き始める。

「ジーク様には何か見えるのですか？」

「ああ、少し目を閉じていると、闇に目が慣れるんだ。あとは風が吹いてくるほうに向かう。

迷子になるなよ」

しっかりと握られた手から、温《ぬく》もりが伝わってくる。

黙っていると地下牢の中で起こった様々なことが思い出され、それは恥ずかしいことから嬉しいこと、そして考えたくないことまで……。

アリシアは気持ちを切り替えるつもりで、ジークフリートに尋ねた。

「聞いてもいいでしょうか？」

「なんだ？」

「あんなにお強いなら、もっと早くに逃げ出せたのではありませんか？」

マクシミリアンがデーメルに手を貸したのは、アリシアを妻として迎える計画からだと言っていた。それ以前は、『上手《うま》くいかず、ひと月も無駄に過ごされた』と。

デーメルにも貴族の味方がいるようだが、敵が彼らだけなら、ジークフリートであれば簡単に裏を掻《か》けたのではないだろうか。

「何かの計画で最初からわざと囚われた、とか？」

もしそうなら、彼女はさらに足を引っ張ったことになってしまう。

だが彼の答えは、アリシアの予想を大きく外したものだった。

「最初に閉じ込められたのは、王都にあるモーリッツの館だ。半年前に前国王の軍を破り、残党を殲滅《せんめつ》しながら王都まで来るのに五ヶ月近くもかかった。やっと到着して王城に入る直前、俺が世話になった地主貴族、ライフアイゼン伯爵のもとで働いていた女と再会したんだ――」

ヘンリエッタという名前のジークフリートより少し年上の女性だった。

彼女は農奴の娘として生まれたが、容姿が美しかったため、伯爵家に女中として奉公していたという。だが、エイブル川東部が戦場となった約十五年前、そのどさくさに紛れて男と逃げた。ジークフリートはそんな噂を耳にしていた。

だがヘンリエッタは、逃げたのは事実だが男と一緒だったわけではないと言った。さらには、逃げた直後に娘を産んだと言い始めたのだ。

「それはまさか……ジーク様のお子様ですか?」

彼と繋いだアリシアの手がかすかに震える。

その細い指先を、ジークフリートは力を込めて握り返してきた。

「言い訳はしない。ヘンリエッタの求めに応じたのは、十五にもならないころだ。剣を手にしたこともなく、喧嘩《けんか》に強いことだけが自慢だった」

アリシアの目も多少は暗闇に慣れてきていたが、彼の表情まではわからない。だが、その声からは苦々しいものが伝わってくる。

ライフアイゼン伯爵は地主貴族の中でも篤実な人柄だった。伯爵の領地に住む農奴の多くは、地代として収穫した農産物を納めることで農地の保有が認められた。ヘンリエッタの父親もその部類に入る。

だが孤児は違う。彼らに農地は与えられず、伯爵の直轄地で賦役することにより、寝起きする場所と日々の食糧が与えられるのみだった。

「俺に嫁取りは許されていたが、馬も農地も、個人の財産は持てなかったからな。ヘンリエッタにとって俺は、ただの遊び相手だった。それが……十五歳になる娘の父親が俺だとモーリッツに嗅ぎつけられ、攫われたと言ってきたんだ」

デーメルはジークフリートへの接触をヘンリエッタに命じ、彼がひとりで来なければ娘を殺すと脅したらしい。

「デーメル卿もなんて惨《むご》いことをするのでしょう！」

アリシアは怒りを口にするが、

「奴が悪党なのは同意だが、まあ結果的に、ヘンリエッタも金のために嘘をついて俺を呼び出したんだけどな」

「嘘……ですか？」

「俺の子じゃなかった、と言うか、ヘンリエッタに娘はいなかった。マクシミリアンに言って調べさせたらすぐにわかったんだろうが、さすがに三度目だったからな。言うに言えなくて、このざまだ」

デーメルは農奴だったときのジークフリートのことを調べ、ヘンリエッタのことを知ったのだろう、と話す。

だが、アリシアが気になったのは別の言葉だ。

「三度……庶子を作る気はないとおっしゃられましたが、ジーク様に私生児は何人いらっしゃるのでしょう?」

王族と言わず貴族や商人ですら、愛人や庶子を抱える者は少なくない。父親に認知されなかった私生児の数となれば、近隣諸国を合わせれば把握できないほどの人数だろう。

幸い、アリシアには腹違いの兄弟姉妹はいない。

だがそれも、彼女が知らないだけなのかもしれない。そんな卑屈な考えに囚《とら》われてしまいそうだ。

(いろいろな覚悟はしていたわ。でも、結婚の誓いは守ると言われて……誠実な方だと思ってしまったから)

アリシアらしからぬ皮肉めいた言い方をしてしまい、ほんの少し後悔する。

そのとき、ジークフリートが足を止めた。

「一度目は産みの母を名乗る女、二度目は腹違いの妹だ。ヘンリエッタのことは、完全に信じたわけじゃなかったが、可能性はゼロじゃなかったからな。突き放せなかった」

「も、申し訳ありません……わたし、失礼なことを」

「いや、結婚したばかりの夫に、自分と幾つも変わらない隠し子がいるかもしれないと聞かされたら、怒って当然だ」

彼はアリシアの髪に触れ、ポンポンと幼子を可愛がるように撫でながら、ゆっくりと口を開いた。

最初に閉じ込められた場所から移動するとき、逃げることはできた。だが、彼の世話をするために無理やり連れて来られた老夫婦がいて、逃げようとするジークフリートの眼前で、妻のほうが殺されたのだ。さらにデーメルは『このままジークフリートを逃がせば幼い孫も殺す』と夫のほうを脅して見せたと言う。

「逃げられなかった。王となった自分の立場はわかってる。だが、本当に誰かを犠牲にしてまで、優先される価値が俺にあるのかどうか……せめて、自分が誰の息子か知りたいんだがな。名乗り出てくるのは偽者ばかりだ」

フッと笑うとジークフリートはふたたび歩き始める。

黙って手を引かれたアリシアは、彼のあとをついて行きながら小さな声で呟《つぶや》いた。

「それでも、ジーク様は本物です」

「俺が、本物？」

「はい。シュヴァルツ王国の民を救うために戦い、先ほどはわたしを助けるために戦ってくださいました。ジーク様は紛れもなく、本物の国王陛下だと……きゃ」

今度は唐突に足を止められ、アリシアは止まることができずに彼の背中に当たってしまう。

「す、すみません、あの、どうかしました……か？」

そう尋ねると同時に、ジークフリートは覆《おお》いかぶさってきた。

彼の顔が目の前に近づき、開いたままの唇が重なった。ヌメリのある舌が口腔《こうこう》内に押し込まれ、歯列をゆっくりとなぞり始める。

背中に回された手が彼女の身体をしっかりと支え、ジークフリートの腕の中に閉じ込められた気分だ。

「あっ……んっ、んんっ……待っ、て……こんな、こ……と」

今は一刻も早く、この真っ暗な空間から抜け出さなければならないのではないか。そう思うのだが、中々唇を離してくれず、声にもできない。

地下牢の中で交わした穏やかなキスとは違い、激しい情熱を感じる。このまま唇を重ね続けると、自分の心と身体がどうなってしまうのか、アリシアは少し怖かった。

だが、意外にも彼はサッと身を引き、

「風の匂いが変わった。どうやら、久しぶりに地上が拝めそうだ。おい、俺から離れるなよ」

そう言うと、全身に緊張を走らせた。

外に出た瞬間、数十人の敵に囲まれているかもしれないのだ。ジークフリートはすでに、ふたりの兵士を殺している。今はまだ気づかれていないだろうが、もしふたたび捕まれば、今度はただでは済まないかもしれない。

頭の中では厳しいことを考えるのだが、アリシアの胸はたった今交わされたキスの余韻に、

なかなか気持ちが切り替わらない。

そんな彼女の思いを察したのか、ジークフリートは耳元でささやいた。

「いい子にしてろよ。ここから出たら、さっきの続きをしてやるから。たっぷり、俺の役に立ってもらうぞ」

さらに煽《あお》るようなことを言われ、何も答えられずついて行くだけになる。

彼は立ち止まり、石造りの壁を触り始めた。すると壁が途切れていて、上へと向かう狭い石段がある。

そこはひとりずつしか通るのが精いっぱいという幅しかない。そう言えば、地下牢までの途中に、左右の壁に手がつくような狭い階段を目隠しで下りた記憶があった。

上った突き当たりに扉がある。

ジークフリートはアリシアに向かって、指を一本口の前に立て、そのまま掌《てのひら》を彼女に見せた。

(何も言わず、動くな、ということかしら？)

アリシアはそう判断して、こくこくとうなずく。

直後、ギギィーッという耳障りな音が響き渡り、彼は一気に扉を押し開き、外に転がり出た。案の定、数人の男の声が上がる。続けて、『取り押さえろ』『応援を呼んでくる』そんな内容の言葉が飛び交った。

今のアリシアにできることは、両手を顔の前で組み、彼の無事を神に祈ることだけ。

その願いが通じたのか、扉の外は一分足らずで静かになり……。

「いいぞ、アリシア、こっちに来い――ああ、周りは見るな」

ジークフリートの声に胸を撫で下ろしつつ、そっと扉を開いた。

扉の外の床も石畳だった。そこに一歩足を踏み出す。最早、薄い子ヤギ革の靴底は擦り切れ、裸足《はだし》で歩いているような感じさえする。

そして、その冷たい石畳の上に、四人の兵士が転がっていた。

床の上で気を失っている、と思いたいが、そんな甘いことではないのだろう。小さく神の名を口にしたあと、アリシアは顔を上げた。

壁にかけられた燭台《しょくだい》に蠟燭の火が点されている。壁伝いに見上げていくと、遥か高いところに天井が見えた。

窓からは輝く星々も見え……ここはどうやら鐘塔《しょうとう》のようだ。

(かなり古めかしい鐘塔だわ。所々崩れているのは、戦いに巻き込まれたせいかしら？　でも、鐘塔の地下に牢があったなんて)

彼女がジークフリートの姿を捜すと、すでに塔の中にはおらず、外で彼の気配がした。

置いて行かれる不安に襲われ、アリシアは慌てて彼のあと追う。

「ここは、わたしが降ろされた館ではありません。あの館からそんなに離れていないと思うのですけれど……」

そんなことを言いながら、外に出る扉に手をかけ、わずかに押した。

そのとき――。

「出て来るんじゃない‼」

恐ろしいほど真剣なジークフリートの声が聞こえた。

びっくりして手を離すが、アリシアが押してしまった扉は外に向かってゆっくりと開いていく。

その正面、剣を手に血走った目で立つ兵士の姿があった。

「女だ……女ーっ！　殺してやるーっ‼」

兵士は叫びながら、アリシアに向かって突進してくる。その切っ先は真《ま》っ直《す》ぐに彼女を指していた。

声も出ず、何も思い浮かばない。アリシアは逃げることもできず、立《た》ち竦《すく》むだけだ。

目の前まで迫ってきたとき、その兵士が地下牢で檻の中まで入ってきて、ジークフリートに首を締められた男だと気づく。

恐ろしくて目を閉じたいのに、たったそれだけのことができない。

（殺されてしまう……）

アリシアの頭にその言葉が浮かんだ瞬間、兵士の動きがピタリと止まる。そのとき、男の胸から赤く染まった刃が突き出ていた。

「アリシア、無事か⁉」

ジークフリートの声だった。

自分は大丈夫だと言いたいのに、あまりの出来事に声が出ないのだ。

「アリシア！　アリシア、返事を……くっ！」

倒れ込んだ兵士の背後にジークフリートが立っていた。

彼の姿が見え、アリシアはホッとして戸口にもたれるように座り込んでしまう。

だが、何か様子がおかしい。目を凝らすと、彼の頬が歪《ゆが》んでいることに気づき……しだいに、白いリネンのシャツの右肩が黒く染まっていく。

背後から肩を斬られたのだ。

「……ジーク、さ……ま……」

大きな声で彼の名前を呼びたいのに、それもできない。

ただただ、食い入るようにみつめていると、ジークフリートの身体がわずかに傾いた。

(ああ、どうしよう。どうしたらいいの？　ジーク様が殺されてしまう)

どんなことをしても彼を助けたい。

その一念で、アリシアは目の前に転がる剣に手を伸ばす……。

だがそのとき、ジークフリートは自分を斬りつけた兵士の腹を蹴り飛ばし、アリシアのもとに駆け寄った。

「アリシア、無事だと言え！　どこも斬られてないなっ⁉」

「は……は、い」

「びっくりさせるな。――ところで、剣をどうする気だ？　手にしたことがあるのか？」

彼は怪訝《けげん》そうに尋ねる。

「いえ、ない……です」

「だったら、触るんじゃない。危ないだろうが」

「でも……でも……ジーク様を、お助けしなくては、と……それだけ……」

必死に説明しようとするが、本当はアリシア自身もよくわからない。

ふいに目の前が真っ暗になった。同時に、上半身にギューッと絞られるような痛みを感じる。

ジークフリートのせいだった。

身体が軋《きし》むほど強く抱きしめられ、アリシアは息が止まりそうになる。

「無茶《むちゃ》はするな。俺に、結婚するんじゃなかった、と思わせないでくれ」

ジークフリートの声は掠《かす》れていた。

「はい、ごめんな……さ、い」

怒らせてしまったとビクビクしながら答えたとき、頭上から彼の苦笑混じりの声が聞こえてきた。

「だから謝るな。そうじゃなくて――！」

彼はハッとした顔をすると、怪我《けが》を負っていない左手で落ちた剣を拾った。それを構えて振り返りながら、ごく自然な動作でアリシアを背後に庇《かば》う。

ジークフリートを斬りつけた兵士は、腹を蹴られたものの、すぐに立ち上がれる程度の軽傷だったらしい。

兵士は剣を手にこちらに向かってくる。

あらためて鐘塔のすぐ外を見回せば、あちらこちらに兵士が転がっていた。中には動いている者もいるが、ほとんどがピクリとも動かない。

立っている敵は、こちらに向かってくる兵士ただひとり。

「うぉおおおおーっ！」

兵士の雄叫《おたけ》びが、闇に包まれた森を引き裂く。

それは、巣穴で眠る野生動物たちを叩《たた》き起《お》こさんばかりの大音声。アリシアは思わず、両手で耳を塞いだ。

そのとき、ジークフリートは左手に構えていた剣をスッと下ろす。

（……え？）

アリシアが疑問を覚えたそのとき、ヒュッと何か鋭いものが風を切る音が聞こえた。

直後、向かってくる兵士の身体が真横に吹っ飛ぶ。強い力で横から突き飛ばされたようにも見えるが、兵士を横に飛ばしたのは、彼の首に刺さった一本の矢であった——。

「ジーク！　ジークだな⁉　やっぱり生きてたんだな、心配かけやがって、この野郎‼」

ジークフリートは背が高く、うっとりするほど逞《たくま》しい身体をしている。だが、彼を『ジーク』と呼びながら駆けてくる男性は、さらに立派な体躯《たいく》をしていた。声も大きく、身振り手振りも大げさだ。

そして彼の手には、アリシアでは持ち上げることも不可能そうな長弓があった。

（あの矢はこの人が……こんな森の中で、それも、星明かりだけで正確に射抜くなんて）

アリシアは尊敬のまなざしをその大柄な男性に向ける。

だが、ジークフリートが発したのは憮然《ぶぜん》とした声だった。

「遅いぞ、ルドルフ」

手にした剣を地面にそっと置きながら言う。

「言ってくれるじゃねーか。こっちも大変だったんだぞ」

「何が大変だ。ったく、あいつも姑息《こそく》な手を使いやがって。挙げ句に、俺が自力で地下牢を逃げ出してから、ノコノコやって来てどうするんだ？」

ジークフリートの言葉にルドルフは何か言い返そうとするが、思いつかないのか閉口してしまう。

そのとき、別の方向から聞き覚えのある反論の声が上がった。

「デーメルは小心者ゆえの慎重さで、なかなか尻尾を掴ませてはくれませんでした。なんと言っても、ジークフリート様ともあろう方が、あの程度の者に捕らわれるとは思いませんでしたし……」

あきらかな皮肉を込めてそう言ったのは、マクシミリアン・フォン・エッフェンベルクだった。

裏切り者であるはずの彼が、どうしてこうも平然とジークフリートの前に立っているのだろう？

アリシアにはわけがわからず、混乱してしまう。

だが、当のジークフリートは、裏切りなどなかったかのように言い返している。

「おまえの言うとおりだ、マクシミリアン。――それで、〝あの程度の者〟は捕まえたんだろうな？」

「残念ながら……。ご不満があるときは、このルドルフにお願いいたします。奴を追うよう言いましたのに、先にジークフリート様をお助けせねば、と駆け出して行ってしまったのは彼ですので」

澄ました顔でマクシミリアンはルドルフを指差している。

「相変わらず責任転嫁が上手いな。だが、おまえひとりでもモーリッツくらい捕まえられるだ

ります」

「敵を軽んじて、ひとりで深追いするのは愚行の極み。わたくしの戦術書にはそう書かれてあ

ろう？」

マクシミリアンは実に平然としたものだ。

何を言っても無駄と悟ったらしく、ジークフリートは「勝手にしろ」と言い横を向いてしまった。

すると、ルドルフが一本の剣を手に、ジークフリートに近づいてくる。

「大事なこいつを置いていく奴があるか。だからこんな目に……ん？　おまえ、こんな寄せ集めの傭兵《ようへい》ごときにやられたのか？　ひと月足らず、地下牢に繋がれて腕が鈍ったか？」

「こんなものは掠《かす》り傷《きず》だ」

「違います！」

ジークフリートの声を遮ったのはアリシアだった。

「ジーク様はわたしを庇って傷を負われたのです。決して、腕が鈍ったわけではありません。早く、手当てをしなければ……」

マクシミリアンがどうしてここにいるのか、それをジークフリートも疑問に思わないのか、そんなことは後回しだった。

とにかく、肩の傷は掠り傷程度ではないはずだ。少しでも早く、ちゃんとした医者に治療を

してもらう必要がある。

「落ちつけよ、アリシア。掠り傷だと言ってるだろう？」

「でも、あなた様に万一のことがあれば……わたしが、外に出ようとしたばかりに」

ついつい自分の愚かさを責め、涙が浮かんできてしまう。

すると、慌てた様子でジークフリートが言い始めた。

「だから、おまえのせいじゃ……ああ、もう、わかった。わかったから、治療は受ける。万一のことはないから、頼むから泣くな。わかったか？」

アリシアの髪を撫で、顔を覗き込んできた。

そのまま口づけされるのかと思ったが……。ふたりの周囲には、マクシミリアンとルドルフ、そして彼らのあとを追ってきた国王配下の兵士たちもいる。

その中でもルドルフは、彼女に話しかけるジークフリートの仕草を、唖然とした顔で見ていた。

「どこか落ちつける場所はすぐに用意できるな？」

ジークフリートは周囲の視線に気づいたのか、そそくさとアリシアから離れながら、そんなことを命じている。

するとマクシミリアンが配下の者に手で合図を送り、馬車が用意されることになった。

歩き出したジークフリートのあとを、アリシアも追おうとする。だがそのとき、彼女の目の前にマクシミリアンが立ちはだかった。

「あ、あの……」

「もう、お気づきでしょう。王の監禁場所を探るため、デーメルに取り入りました。なかなか裏切りを信じてもらえず、マリアーノ王国の王女を連れて来ることで、ようやくこの場所にたどり着けたのです。あなたには非常に感謝しております」

無色透明に見える瞳がアリシアを見下ろしていた。

「王は妻など望んでおられません。このたびは遠くまでお越しいただき、ありがとうございました。恐ろしい思いをさせてしまったお詫《わ》びは、後日、イサンドロ国王とも話し合って、充分なものを贈らせていただきます」

「それは……どういう、意味でしょう？」

「あなたが乗られるのはマリアーノ王国行きの馬車――ジークフリート様が乗られる馬車とは別、という意味でございます」

その瞬間、ジークフリートと繋《つな》がっていた橋が落とされた気持ちになる。

こんなにあっさり追い払われることになるとは……。あまりに短い花嫁の時間に、アリシアは言葉も出てこなかった。

第三章　盲愛

アリシアの口からマクシミリアンの名前を聞いたとき、だいたいのことを察した。

彼は一見すると感情に乏しく、よほど冷静な男なのだろう、と思われがちだ。さらに突っ込んで会話をすると、今度は薄情に思われるという。

なんとも言いがたい男だが、中身は——たとえ殺されても、ジークフリートや仲間を売るような真似はしないと断言できる。

ジークフリートにとって、五歳上のマクシミリアンと二歳上のルドルフは家族も同然だ。

とくにマクシミリアンとは二十年もの付き合いがある。

子供のころ身体の弱かった彼は、男爵家では厄介者のように扱われていた。王都から追い払われてエイブル川東部にある貴族館で暮らし始めたのが、二十年と少し前のこと。

その貴族館が偶然にも、ジークフリートが仕えていたライフアイゼン伯爵の領地内にあり、ふたりは子供のころから顔を合わせる機会があった。

一方、ジークフリートは他の子供より身体が大きく頑丈だったため、五歳のころから農園で働いていた。

本来なら、男爵家の次男と農奴では顔を合わせるだけで言葉を交わす機会などない。

だが、誘拐されそうになったマクシミリアンを助けたことで、ふたりの距離は一気に縮まる。

それは、ジークフリートが十歳、マクシミリアンが十五歳のときだった。

(アリシアはマクシミリアンを信じてない様子だったな。だから、わざわざ引き止めたのか？　だが釈明など、あいつらしくないことだ)

先に大型馬車に乗り込み、ジークフリートは苛々《いらいら》しながらふたりが来るのを待つ。

思えば、アリシアと出会ってまだ数時間しか経《た》っていない。マクシミリアンが使者としてマリアーノ王国を訪れていたなら、最低でも数日は滞在したはずだ。

その間に、なんらかのやり取りがあってもおかしくない。

アリシアの祖父イサンドロ国王に、あるいはアリシア自身にどんな脅迫めいたことを言って、ジークフリートに嫁ぐ気にさせたのだろう。

自分より、マクシミリアンのほうが彼女と長い時間を過ごしている。そう思うだけで、苛立ちは募る一方だ。

(遅い、遅過ぎる……。いったい、なんの話をしているんだ！)

一向にやって来ないふたりに業を煮やし、馬車から降りて迎えに行こうとジークフリートは腰を浮かせた。

「姑息な手か……」

そのとき、正面に座ったルドルフがポツリと呟く。

「そうなのか？　あいつはアリシアにそんな姑息な手を使ったのか⁉」

自分の疑問にルドルフが答えてくれた気がした。

だが、よくよく考えると、ジークフリートは声にしていないのだ。ルドルフに返事などできるはずもない。

案の定、ルドルフはきょとんとした顔をしている。

「おまえが言ったんじゃねーか。姑息な手って、マクシーが王女様を巻き込んだ一件だろう？」

「あ……ああ、そうだ。他にも、やりようはあっただろうに。アリシアは俺に望まれてると信じて、この国に嫁いできたんだ。純粋で穢《けが》れを知らない彼女を、俺のせいであんな目に遭わせてしまって……」

地下牢でのことを思い出し、ジークフリートの身体は熱くなった。

マクシミリアンがこの場所を知ったなら、必ず今夜中に助けが来ると確信していた。今夜のうちに場所を移させないため、アリシアとの結婚を急ぐよう進言したのだろう。結婚を承諾したのは、ひと晩の時間稼ぎをするだけのつもりだった。

それが、アリシアに触れたとたん、ジークフリートのほうが自制できなくなってしまったのだ。

ドレスの下に隠れていたのだから、本当に挿入しなくても言い逃れはできた。にもかかわらず、彼女がおとなしく従うのをいいことに、真実の妻にしてしまった。それ以降、アリシアに対する欲望を打ち消すことができずにいる。

マクシミリアンと一緒にいる彼女がことさら気にかかるのも、一ヶ月ぶりに自由の身になったせいかもしれない。

そんなジークフリートに、心の機微には疎いはずのルドルフも気づいたようだ。

「ほぉーこれはまた、ビックリだな。まあ、可愛らしい王女様だから、仕方ないか」

彼の声色には、あからさまな〝ひやかし〟が含まれていた。

「何が、ビックリなんだ？」

「いや、おまえらしくないなぁと思ってね。このまま手元に置く、とか言い出しそうに見えたからさ」

「だったらなんだ？　司祭立ち会いのもと、結婚の誓いを立てたんだ。追い返すことはできない」

ジークフリートは、心ならずも、といった表情で答える。

(嘘《うそ》じゃない。望んで妻にしたわけじゃないんだ。そして、妻にした以上は放っておけない。……それだけだ)

彼は詭弁《きべん》だと感じつつ、心の中で何度も繰り返す。

「強制された誓いだったんだろう？　どうしても嫌なら、無効にすれば済む話だ」

ルドルフはさも楽しそうに笑いながら言う。

「それは……」

すでに夫婦の契りまで交わしてしまった。結婚の無効が認められる関係ではない。はっきり言おうと思ったが、言葉を選んでいるうちに時間だけが過ぎていく。

そのとき、馬車の扉が開き、マクシミリアンが乗り込んできた。

彼はルドルフの隣に腰を下ろしつつ、

「お待たせしました。すぐに出発いたしますので」

普段よりいささか早口になっている。

だが、乗ってきたのは彼だけで、アリシアの姿がどこにもない。呆気《あっけ》に取られるうちに、馬車がガタンと揺れ、御者の馬を追う声が聞こえ始めた。

「王都フリーゲンの王城には、デーメルたちが仕立てた王の偽者が居座っております。長引けば籠城され、無用な犠牲者を出すかもしれません。夜明けと同時に攻め込みます。傷の手当はそれまでに……」

「ちょっと待て！」

マクシミリアンの口から、アリシアに関する報告は一切なかった。それが何を意味するのか、ジークフリートには本気でわからない。

「アリシアをどうした？」

「……」

「なぜ黙ってる。答えろ、アリシアは？」

再度尋ねて、マクシミリアンはようやく口を開いた。

「アリシア王女への求婚はわたくしの独断でした。他に手段がなかったとはいえ、申し訳ないことをしたと思っております――」


王都を目前にして、ジークフリートが行き先も告げずに姿を消した。

しかも、十五年間片時も離さなかった剣を置いたままだ。国王不在では入城もできない。マクシミリアンが不在をごまかしつつ、ルドルフが筆頭となり懸命にジークフリートを捜すが……。


三日後、突然、国王が王城に到着したと連絡を受けたのだ。

病気を盾に面会も許されず、しかも傍にいるのはデーメルの息がかかった女官や侍従ばかり。

王城にいる国王が偽者であることは疑いようがない。しかし、マクシミリアンたちにはそれを証明する手立てがなかった。

だが、ジークフリート失踪の裏にデーメルがいることはわかった。

今度はデーメルの隠れ家を探すことに集中するが、見つからないまま二十日が過ぎてしまう。

そして、マクシミリアンはひとつの決断をした。

万全を期すため、ルドルフにも秘したまま、彼はひとりで〝裏切り者〟となった。


「ジークは見つからねーわ。マクシーもいなくなるわ。俺がどんだけ大変だったかわかるか？しかも今朝だぞ、今日中にジークの監禁場所を見つけ、奪還するから集合しろって連絡がきたのは」

マクシミリアンの説明に、ルドルフは軽い口調で合いの手を入れる。だが、ふたりの様子がおかしいことに気づき、そのまま黙り込んだ。

「司祭のことは聞いております。結婚は無効にして、必要なら、王女には新しい嫁ぎ先を見つける所存です。すべて、わたくしの責任において処理いたしますので、アリシア王女のことはお忘れくだ――」

次の瞬間、ジークフリートは馬車の中で立ち上がる。

「おい、馬車を止めろ！　すぐに止めるんだ‼」

国王の怒声を浴び、御者は慌てて手綱を引く。たいした速度は出ていなかったが、それでも車体は大きく傾《かし》ぎ、ジークフリートは壁に手を当て身体を支えた。

「お……おいおい、ジーク、おまえ無茶なことを……」

ルドルフは椅子から転げ落ちそうになっている。

少しして、ようやく車体の揺れが収まった。

「ジークフリート様、いったい何を……」

マクシミリアンも立ち上がり、ジークフリートに詰め寄ってくる。

そんな彼の言葉を遮り、ジークフリートは怒鳴りつけた。

「俺は、アリシアをどうしたか、と聞いたんだ！」

「……ですから、別の馬車にお乗りいただきました。マリアーノ王国にお戻りいただくための馬車です。王女にもご納得いただいて……」

「そんなことがあるものか⁉　俺から望まれて嬉《うれ》しいと思った……彼女はそう言ったんだ。しかも、あの細い腕で剣を取り、俺を……助けなくては、と」

「ジークフリート様？」

ここまできてようやく、マクシミリアンもジークフリートの言動が普通ではないことに気づいたらしい。

実を言えば、ジークフリートも自分自身を持て余していた。

（俺は、何を言ってるんだ？）

物心ついたときから、彼には何度も言われ続けてきたことがある。

『おまえは親に捨てられたんだ。盗人《ぬすっと》や人殺しの子供かもしれない。人に迷惑をかける前に死んじまえ』

何年、何十年かけて刷り込まれた意識は、そう簡単には消えない。

自分は実の親からも『死んじまえ』と思われて、捨てられたのだ。その劣等感だけはどこまでいっても拭い去ることができない。

たとえ私生児だと明らかになってもいい。親が罪人であってもかまわない。自分が誰の息子なのか、誰かの兄であり、弟なのか、ジークフリートは自分の正体を知りたかった。

それがわからなくては、どれほど目の前の人間を助けても、懸命に働いても、彼の人間としての土台がぐらついたままだ。

そんなジークフリートに剣を与えてくれたのは、ライフアイゼン伯爵だった。

伯爵は、エイブル川東部の領地と領民を守るため、命がけで戦ったジークフリートに、身分を超えた褒賞を取らせた。私兵団の団長を命じ、家名を持たない彼に〝フォルツヴァイス〟という苗字《みょうじ》まで与えてくれたのだ。

『ジークフリートの周囲には人が集う。今は小川のようなせせらぎでも、やがて大河となり、腐りきった暗黒王と王都に巣くう貴族どもを押し流してくれるかもしれない』

妻子はおろか、近しい身内もいなかった伯爵は、爵位以外のすべてをジークフリートに託し、今から十年前、この世を去った。

マクシミリアンが身分を無視して、ジークフリートに仕えると宣言したのもそのころだ。

彼はその直前、王都にいた両親と兄を前国王の気紛《きまぐ》れで殺され、男爵位を継いだばかりだった。

『自分には人の心を摑む資質がない。爵位も邪魔にしかならないが、場合によっては利用できる。いや——今日より、わたくしはあなたに仕えます。なぜならあなたは、苦しむシュヴァルツの民に、神が遣わした勇者なのですから』

捨て子という立場を逆に利用した〝はったり〟だった。

だが、人の役に立って死ねるなら本望だ。その思いだけで、ジークフリートは私兵団を率いて戦い続けたのだった。

自分を信じてついてきてくれる人々の期待に応えたい。

しかし、いつか自分はその期待に応えることなく、『暗黒王』と呼ばれた前国王のように堕落してしまうかもしれない。

不安を抱えたまま、彼は前国王を倒し、自らが王位に就くところまできてしまった。

ヘンリエッタのことを疑いながらも呼び出しに応じたのは、もし自分が誰かの父であるなら、その子を捨てるような真似《まね》だけはできない、そう思ったためだ。

『天災であれ、戦争であれ、国民を死なせないのがよい国王だと、祖父が言っておりました。

陛下は紛れもなく、よい国王です』

『それでも、ジーク様は本物です――シュヴァルツ王国の民を救うために戦い、先ほどはわたしを助けるために戦ってくださいました』

ジークフリートの胸にアリシアの言葉が浮かぶ。

自分は何も持っていない。生まれながらの王ではなく、ただの簒奪者《さんだつしゃ》だ。力で奪い取った地位は、いつか力で奪い返されることを覚悟しなくてはならない。

そんな自分が、由緒正しいマリアーノ王国の王女を妻にするなど、神への冒涜《ぼうとく》かもしれない。

ここで黙って見送ることが、アリシアのためだ。そんな考えがジークフリートの頭を掠める が……。

彼は馬車の扉が開くなり、外に飛び出した。

「陛下、ご無事で何よりです！」

声の主は、馬車に併走していたジークフリートの従者、ペーター・レッフラーだった。二十歳と若いが馬の扱いに長《た》けた男だ。

ペーターは急停車した馬車から飛び出してきたジークフリートに驚きつつ、慌てて馬から飛び降り、駆け寄ってきた。

「自分たちは皆、陛下のお帰りを信じて……え？　へ、陛下っ⁉」

臣下の礼を取ろうとするペーターとすれ違うようにして、ジークフリートは馬に飛びついていた。

「ペーター、馬を借せ！」

「そ、それは、もちろんかまいせんが……あの？」

言うなり手綱を摑み、彼は黒鹿毛の馬に跨《またが》る。

「お待ちください、いったい何をなさるおつもりですか？」

しばらくして我に返ったらしく、マクシミリアンも馬車から降りてきていた。ルドルフの姿も見える。

そんな彼らにジークフリートは馬上から叫んだ。

「アリシアとの結婚は無効にはできない！　なぜなら……彼女は俺の子供を、身籠もったかもしれないからだ」

そう言い放った瞬間、ルドルフの口から尻上がりの口笛が聞こえた。

「おまえにしちゃ、ずいぶんな早業じゃねーか。だが、いくらなんでも地下牢で……ってのは、王女様が可哀想だぞ」

言われなくても充分にわかっている。

(しかも、モーリッツをはじめとした兵士たちの前で……あれを知られたら、なんと言われるか)

ジークフリートは何も答えず、馬の腹を蹴ろうとした。

だがそのとき、マクシミリアンが両手を広げ、彼の行く手を阻んだのだ。

「馬鹿野郎⁉　馬の前に飛び出す奴がいるかっ！」

「考えてみてください。王の偽者を捕らえ、無事に王城を取り戻したあと、デーメルの悪辣なたくらみを白日の下に晒すことになります。アリシア王女を王妃とすることは、デーメルの計画の一部でもあるのです」

「デーメルではなく、おまえの計画だろう？」

そう言い返すが、マクシミリアンは軽く頭を振った。

「そもそも、あなたのご計画では、結婚はなさらないのでは？　決して血の繋がった家族は持たない――そう誓われたはずです。あれは戯《ざ》れ言《ごと》でしたか？」

琥珀色《こはくいろ》の瞳が鋭く光り、ジークフリートを射抜くように見ている。

「どうしても女が……いえ、妻が欲しいと言われるなら、王女でも貴族でもない娘になさることです。農奴や娼婦から選んでもかまわない。アリシア王女は、覇王の妻にはふさわしくありません」

手綱を摑む手が小刻みに震えた。

冷静に考えようと思えば思うほど、頭の中が真っ白になっていく。だが、ジークフリートの人生における答えは、いつも頭ではなく心で選んできた。

「妻は……欲しくない。血の繋がった家族も、どっちでもいい。俺は、ただ……アリシアが欲しいだけだ」

ジークフリートが心の奥底を浚《さら》うようにして吐き出す声に、マクシミリアンはハッと顔を上げる。

そして、大きな嘆息とともに呟いた。

「あなたは歩むのに、大変な道ばかり選びたがる」

「お互い様だな。だが、一度でも楽な道を選んでいたら、俺たちは今、ここにはいなかった。

——違うか？」

マクシミリアンは答える代わりに、道の端までスッと引き下がる。

次の瞬間、ジークフリートは手綱を掴み直し、馬の腹を蹴った。

☆　☆　☆

それは、この国まで来たときに乗っていたのと同じ箱馬車だった。

一頭曳きで、奥行きの浅い座席が向かい合ってついている。座席は四人分あるものの、御者以外に大人が三人も乗ればたいした速度は出ないだろう。

今度はマクシミリアンの代わりに、中年の女性が乗り合わせていた。

おそらくはアリシアの母と同じ四十代。彼女はコンパニオンとしてアリシアが無事に帰国するまで、付き添ってくれると言う。

マクシミリアンから帰国を促されたとき、遠ざかるジークフリートの背中をみつめながら、アリシアは懇願した。

『エッフェンベルク卿、お願いがございます。どうかジーク様に……いえ、国王陛下にお礼を言わせてもらえませんか？　何度も命を助けていただきました。せめて、傷の手当てを……』

ところが、マクシミリアンの対応は実にすげないものだった。

『傷の手当ては医者がします。礼なら、わたくしが代わりに伝えておきましょう。他にお伝えすることはございますか？』

そんなふうに返されては何も言えない。

ジークフリートへの思いを、他人の口から伝えることはしたくなかった。

（『絶対に傍から離れるな。必ず守ってやる』――そう言ってくださったのに。まさか、こんなに早く会えなくなるなんて）

車体が揺れ、進んでいくごとにジークフリートから離れていく。

不安の黒い塊が胸を塞ぎ、息をするのも苦しくて堪らない。

「王女様？　お加減でも悪いのでしょうか？」

今にも泣きそうなアリシアの顔に気づいたのだろう。コンパニオンの女性は心配そうにこちらを窺《うかが》っている。

「いえ……あの……」

　他に縋る相手はおらず、アリシアは思いきって言ってみる。

「国王陛下にもう一度お会いできませんか？　馬車を止めて、お願いしていただくことは、不可能なのでしょうか？」

「私にはなんとも……。ただ、夜が明けるまでに、できる限り遠くまで行くように、と申しつかっております。なんでも、けしからぬ連中がいて、王女様を利用して国王陛下のお命を奪おうとしていた、と」

　一刻も早く、シュヴァルツ王国からアリシアを脱出させなければならない。護衛はつけるが充分に注意して、とにかくこの森だけは早く抜けるように。

　女性はマクシミリアンに固く命じられたと言う。

「そう……なの、ですか。ごめんなさい、無理を言って……」

「ソエニー山の麓まで一気に走って、そこで宿を取りましょう。宿ではゆっくり休んでいただけると思います。それまでの間、狭い馬車で申し訳ありませんが、ご辛抱くださいませ」

　このまま黙って乗っていれば、マリアーノ王国に帰ることができるのだ。

　もう一度、生きて家族に会える。

　それはこの上なく幸せなことのはずなのに、今のアリシアの心は、ほとんどの部分をジークフリートで占められていた。

女性の言葉もアリシアを気遣ってのことなのに、笑顔を浮かべることもつらくてできない。

「……どうも、ありがとうございます……」

今にも消えそうな声で、どうにかそれだけを口にしていた。

そのとき、俄《にわ》かに外の気配が変わった。並走する護衛兵と御者が、何ごとか大声で叫び合っている。

コンパニオンの女性もそれに気づいたようだ。

「どうしたのでしょう？　まさか、王女様のお命を狙おうとする輩《やから》が？　でも、ご安心くださいませ。我らが国王配下の護衛兵たちは、実戦を生き抜いた腕の立つ者ばかりでございます。必ずや、王女様をマリアーノ王国まで……」

ガクンと揺れ、中腰になっていた女性は床に尻もちをついた。

「大丈夫ですか？　慌てて動いてはいけませんよ」

アリシアは彼女に手を伸ばしながら、自分自身も座席から腰を滑らせるようにして降り、床に座り込む。

「転ばないように、ふたりで支え合っていましょう」

「まあ、王女様……申し訳ございません。私がお支えしなくてはいけませんのに」

近づいて顔を覗き込むと、女性はずいぶん怯えた表情をしていた。

（この国の人々は多かれ少なかれ、恐ろしい思いをしてきたのだわ。敵の襲撃に怯え、命の危険に晒されて……）

アリシアはコクンと息を呑むと、彼女の手を握りしめる。

「わたしは大丈夫です。司祭様の前で、国王陛下と結婚の誓いを交わしました。そのことを言えば、敵が誰であれ、すぐには殺されないはずです。あなたのことは、逃がしてくれるように言いますから……」

「いいえ！　それが事実なら、あなた様を敵に渡すわけにはいきません！」

女性は血相を変えて反対する。

ジークフリートはなんと言うだろうか？

結婚は無効にした、妻ではない、と言われるかもしれない。だが、それでも彼なら助けにきてくれると信じたい。

「国王陛下は……必ず、わたしのことを助けにきてくださいます。そのためにも、あなたが陛下に知らせてくださらなくては」

「王女様……」

ふたりが手を握り合ったとき、ふいに馬車の速度が落ち、やがてピタリと止まった。

次の瞬間、扉がガタガタと揺さぶられた。ずいぶん乱暴に開けようとしているみたいだ。アリシアは床に座ったままコンパニオンの女性を背後に庇い、扉のほうを睨みつける。

（もし、デーメル卿だったら？　あの男に連れて行かれたら、わたしはどうなるのかしら？）

そして扉が開き――アリシアは息を止めた。

扉を壊す勢いで開けながら飛び込んできたのはジークフリートだった。

濃灰色の瞳に炎の色を映している。黒髪も護衛兵の掲げる松明《たいまつ》の灯《あか》りに照らされ、赤毛のように艶めいて見えた。


「アリシア！」


「どこへ行くつもりだ？　俺はおまえをマリアーノに帰すつもりなどないぞ！」

その言葉はアリシアの胸をざわめかせる。

望まれた妻ではなく、敵の策略で押しつけられた妻であるのに、彼は追いかけてきてくれたのだ。

そのことを嬉しく思いながら、しかし、アリシアにはどう答えていいのかわからない。床に座り込んだまま身じろぎもできなかった。

するとジークフリートのほうが焦れた様子で馬車に乗り込んできた。

彼女の顔をみつめたまま、そっと頬《ほお》に触れてくる。

「それとも、おまえが帰りたいと言ったのか？」

「いいえ……いいえ、わたしは……」

「ああ、いや、やっぱりダメだ。帰りたいと言っても認めない。俺たちは結婚したんだ。おまえは、俺と一緒に来るんだ！」

アリシアの返事を待ちきれず、言葉じりを奪うように叫ぶ。

そのまま長く柔らかな髪に手を伸ばし、指ですくい上げるようにして、彼女に上を向かせる。

「一緒に来ると言えよ」

すぐ目の前でジークフリートの唇が動いた。

それに誘われるように、

「はい……あなた様と一緒に参ります」

アリシアは答えていた。

髪に触れるジークフリートの指先に力が入り、キスされると思ったそのとき――。

背後でコホンと咳払《せきばら》いが聞こえた。

「イングリット⁉　なんでおまえがここにいる？」

ジークフリートは顔を上げ、アリシアの後ろにいた女性の名前を呼び、驚いたような声を上げた。

コンパニオンだと思った女性は、本来、ジークフリートの身の回りの世話をする家政婦でイングリット・ディールスと言った。

「マクシミリアン様のご命令でございますよ。王女様には、私のような年齢の女が付き添うべきでございましょう？　こちらにお越しいただくときは、ずいぶん失礼な対応をしてしまったので、ご帰国の際は充分な配慮を、と」

マクシミリアンには追い払われたように感じていたが、どうやら違ったらしい。

彼は彼なりの心遣いで、アリシアがすぐに家族のもとに帰れるよう、考えてくれただけだった。

「そうだったのですね。わたし、エッフェンベルク卿に嫌われているのだと思っていました。だから、陛下から引き離されて、国に帰されるのだ、と」

「いろいろ言葉の足りない方ですからね。まあ、方向は違いますが、言葉の足りなさは陛下もどっこいですけれど」

イングリットは敵襲ではないとわかってホッとしたらしく、とたんに笑顔になる。

「さあ、ジークフリート様、馬車から降りてくださいませ。どちらかのお屋敷に向かうのでしょう？　先導していただかなくては」

「ちょっと待て。俺に降りろって言うのか？」

彼はアリシアと離れがたそうな顔をする。

きっと、アリシア自身も同じような顔をしていることだろう。

それを知ってか知らずか、イングリットはきっぱりと言い放った。

「この小さな箱馬車に大人三人は乗れませんもの。それとも、四十を超えた年寄りを捕まえて、馬に並んで走れ、とでも？」

驚いたことに、彼女は国王であるジークフリートに向かって、息子や弟にでも命令するような言葉遣いをしている。

それもそのはず——三十年前、森の中でかすかな泣き声を頼りに小さな赤ん坊を見つけたのは、当時十四歳のイングリットだった。

彼女が伯爵の従者をしていた父親に知らせたおかげで、ジークフリートは命拾いした。母親代わりとまでは言い難いが、赤ん坊のころから親身になって世話をしてくれたイングリットに頭が上がるはずもない。

ジークフリートは渋い顔をしながら、馬車から降りていく。

「あのっ！」

ふいに思い立ち、アリシアは彼を呼び止めた。

「どうした？」

「あの……これからも、ジーク様と呼んでもいいですか？」

床に座ったままではあったが、必死の思いで尋ねる。

そんなアリシアの顔を、ジークフリートは食い入るようにみつめながら……。

「他の呼び方は認めない。それと、マクシミリアンには近づくな」

「それは、どういう意味ですか？」

「理由がいるのか？　それとも、俺についてくるのは、あいつがいるからか？」

フイッと顔を逸《そ》らし、彼女に背中を向けた。その態度は慕わしく思えた少し前に比べ、どこかしら壁を感じる。

そのとき、ドレスの袖がクイクイと引っ張られた。

アリシアが小さく振り返ると、イングリットがうなずきながらジークフリートのほうを指差している。

（え？　ジーク様の言葉にうなずくように言っているの？）

彼の真意はわからないまま、

「わかりました。エッフェンベルク卿には近づかないようにいたします」

アリシアはそう答えていた。

☆　☆　☆

森を抜け、長閑《のどか》な田園風景が広がる場所にその屋敷があった。

アリシアの目にはお城に思えるほどの大きさだが、その土地の領主館だったとイングリットは話す。

王都の近くではあったが、この辺りは戦場になることを免れた。しかし、ジークフリートの即位を聞いた領主は、持てるだけの財宝を手に遁走《とんそう》したと言う。

「領民に重税を課して、不作で納められないとなると、娘を奉公の名目で召し上げて妾《めかけ》にしていたそうです。そういった連中を、ジークフリート様だけでなく側近の方々も毛嫌いしておられますからね」

ジークフリートが長らく率いてきたのは、発足当初、百人程度の私兵団だった。

それがあちこちの領主が作った私兵団が合併し、正規軍から逃げてきた兵士たちも加わって、前国王が率いる正規軍と真正面から戦えるくらいの数に膨れ上がった。

現在はジークフリートの配下が正規軍だ。しかし、数が多くなると当然のように規律も乱れてくる。

助けてやったのだからと食糧や金品を取り上げ、若い娘に乱暴を働く兵士たち。無理やり奪うわけではないにせよ、目こぼしと称して様々なものを要求する下士官。さらには、それを見逃してやると言い、部下の上前をはねる将校。

すべてジークフリートの耳に入った直後、処刑された。

規律の厳しさでは他に類を見ず、国王に即位したあとも、変わらぬ清貧を続けている。そんなジークフリートを甘く見て、勝ち馬に乗ろうと気楽にやって来た者はとんでもない思いをすると言う。

しかしその誠実さが、圧政に苦しむ領民たちの心を開き、ジークフリートを信頼して命がけで味方になってくれるのだ。

「覇王がとうとう王都を占領に来る。近隣の領主は爵位以外の財産はすべて取り上げられ、領地から追われるだろう。――なんて噂《うわさ》が流れて、ここの領主も慌てて逃げ出したんですよ」

そしてその噂は、マクシミリアンがわざと流したものだった。

戦わずして勝つのが上策――というのが彼の信条だ。中にはそんな彼を、『腰抜け』『卑怯者《ひきょうもの》』と蔑む連中もいた。

だが、『負け犬の遠吠《とおぼ》えに耳を貸す価値なし』と一蹴したらしい。

「いざ戦いになったらジークフリート様とルドルフ様だけでも、数百の敵兵を蹴散らしてしまわれますからね。まさしく、一騎当千でございますよ」

そう言ったあと、イングリットは高らかに笑った。

アリシアは今、屋敷の中に造られた大きな浴場にいた。色鮮やかな陶器製のタイルが埋め込まれた湯船には、なみなみとお湯が張られている。

彼女が湯船に身体を浸したのは、生まれて初めてのことだった。

柔らかなお湯が肌に纏わりつき、血の匂いを薄めてくれるみたいだ。身体の芯からほぐれていく感じがする。

マリアーノ王国は山の上にあり、夏場でも気温は高くならない。過ごしやすい時期が長いせいか、全身をお湯に浸す習慣がなかった。

アリシアも幼いころは泉や小川で泳いだ経験がある。だがここ数年は、大きな桶《おけ》を用意して沐浴《もくよく》をするくらいだった。

「少し足し湯をしましょうね」

ひとしきりジークフリートの自慢話をしたあと、イングリットは温くなった湯船に、熱い湯を流し込んだ。

「ええ、ありがとう。ところで、この浴場もここに住んでいた領主様が？」

「そのようですね。温泉が湧くようですから、こんな立派な浴場まで造られたのでしょう」

比べるのもなんだが……あの地下牢の檻《おり》の中より、ここの湯船のほうが広い。

「ジーク様も入られるのでしょうか？」

「入浴はお好きな方ですから、おそらくは」

「まあ、それじゃ、すぐに出たほうがいいですね。わたしが占領してしまっては、申し訳ないことです」

急いで出ようとするアリシアを、イングリットが引き止めた。

「何をおっしゃいます！　アリシア様は王妃様なのですからね。一番に優先されてしかるべきお方ですよ」

「そう……でしょうか？」

イングリットはアリシアを元気づけてくれるが、この屋敷に到着したとき、彼女の姿に多くの人々がざわついていた。

ジークフリートが妻を娶《めと》ったということ。

そしてそれが、マリアーノ王国の王女だということ。

彼を慕う者たちにとって、意外過ぎることだったのだろう。それは側近中の側近と言われる、マクシミリアンやルドルフにとっても同じことだった。

ジークフリートは彼らと一緒に屋敷のひと部屋に閉じ籠もってしまい、アリシアはひとり放っておかれたままだ。

「シュヴァルツ王国の王妃と紹介されたわたしが、貧しい小国の王女だったので……皆さん、驚かれたのでしょうね」

「あ、いえ、それは……」

イングリットが何か言いづらそうにしたとき、入り口のほうから思わぬ人の声が聞こえてきた。

「囚《とら》われの身だったはずの男が、花嫁を連れて戻ったから驚いてたんだ。おまえのせいじゃない」

顔を向けると、思ったとおりジークフリートが立っている。それも裸体にリネンの腰布を巻いただけの姿だ。

「ジ、ジーク様⁉」

アリシアもリネンの浴用着を着ていた。だが、湯船に浸《つ》かると何も着ていないの同じくらい、身体の線が見えてしまう。

彼女は慌てて胸元を押さえる。

「なんと、はしたない！　うら若き乙女の入浴中に……そのようなお姿で押し入ってくるとは、王たる者のすることではありませんよ！」

イングリットに叱られ、ほんの少し顔を顰《しか》めて見せる。

だが、すぐに開き直ったのか、意に介さない様子で湯船に近づいてきた。

「アリシアはうら若き乙女じゃない。——俺の妻だ」

きっぱりと言われ、さすがのイングリットも言い返せずにいる。

「無理強いはしない。アリシア、俺とふたりきりになるのは嫌か？」

嫌なはずがない。ここに着いてからずっと、ジークフリートが会いにきてくれるのを待っていたのだから。

アリシアは嬉しい反面、彼の姿に恥ずかしさを覚え、頬を染めながら答えた。

「嫌では……ありません。あの……わたしをここに連れて来られたこと、ジーク様が後悔していないといいのですが」

「どうして俺が後悔するんだ？」

「配下の方が困惑されておいでのようでした。わたしの存在は、ご迷惑だったのではありませんか？」

ひょっとしたら、王妃になることを期待されていた女性がいたのかもしれない。彼が妻子を持つことを拒否していたため、結婚に至らなかったのだとしたら？

考えれば考えるほど、衝動的についてきてしまったことは、あやまちだったのではないかと思える。

そのとき、湯船の中にジークフリートが入ってきた。

腰を隠すくらいだったお湯の量が、胸のすぐ下まできて……袖に手を入れただけで、釦ひとつない浴用着はお湯の中でゆらゆらと漂い始める。

「ジーク様……!?　お待ちください。イングリットがいますのに」

「おまえが俺を受け入れたから、すぐに出て行った。イングリットは口うるさいだけで、気の利かない女じゃない」

広い湯船の中、ジークフリートはアリシアの背後にピッタリと寄り添う。背後から感じる気配のせいか、お湯が熱くなったみたいだ。

「身体は楽になったか？」

地下牢にいたときより、彼の声色は優しく聞こえた。

「そ、それは、あの……わたしの、身体のこと、ですよね？」

「結婚は無効にできない、と宣言したら、いろいろと白状させられたんだ。そうしたら、無垢《むく》な王女様に酷い真似を、とルドルフに怒られた。まだ……痛むか？」

　十代の少年のようにしゅんとした声だった。

「あれはジーク様のせいではありません。デーメル卿の命令で、仕方なくわたしを……」

　励ますために言葉にしたが、逆にアリシアのほうが落ち込んでしまう。

（わたしのことは、仕方なく……抱いてしまったのよね）

　今さら、と思いながらも、あらためて考えると胸が痛くなる。

「仕方なく？　本当に抱きたくない女なら、俺は抱かない」

「でも、医者を用意しているかもしれない、そんなふうなことを言われませんでしたか？」

　フリでごまかしたいところだが……と躊躇《ちゅうちょ》しつつ、彼はアリシアの中に押し入ってきたのだ。

　振り返って彼の顔をみつめていると、ジークフリートは小さく笑った。

「最初はモーリッツが、王女らしく見える娼婦を調達してきたんだ、と思った。その手の女なら抱けばわかる。でも、おまえは触れた瞬間に、どこもかしこも真《ま》っ新《さら》な女だとわかった」

　彼の手がアリシアの髪に触れ、ひと纏《まと》めにして留めていたピンを抜いた。金色の髪がふわっと落ちてきて、先端はお湯に浸かってしまう。

「ジーク様、髪が濡れてしまいます」

「だから？　おまえの髪は本当に見事だな。蠟燭の灯りじゃなくて、太陽の下で見てみたいもんだ」

「朝になれば、ご覧いただけますよ」

当然のように答えるアリシアに、彼は驚くようなことを口にした。

「明日の朝は無理だな。夜明け前に出発して、王城に攻め込む。俺の名前を騙《かた》っている偽者に、籠城する時間をやるわけにはいかない」

偽者と聞き、アリシアは彼に関する悪い噂を思い出した。

――ジークフリートは王城に入ったとたん、これまでの節制を忘れ、酒色に耽《ふけ》る男になってしまった。国民の前に姿を現さなくなり、国政も家臣に任せきりにしている。

彼女の祖父、マリアーノ王国のイサンドロ国王も気にしていた噂だ。

「では、あの悪い噂もデーメル卿のしわざだったのですね」

そう呟《つぶや》いたアリシアの目に、彼の右肩に巻かれた白い布が映った。

「待ってください。ジーク様は怪我《けが》をしておられるのに、王城に攻め込むなんて、無茶《むちゃ》はおやめください」

白い布は一枚布ではなく、裂かれて帯状になったものが肩にぐるぐると巻かれていた。血は滲んでいないようだが、ほんの数時間で傷口が塞がるとは思えない。

「掠《かす》り傷《きず》だと言ったはずだ」

「でも、たくさんの血が流れていました。ジーク様に、もしものこと……が、あっ、ん」

彼の右手が動き、アリシアの胸に触れた。

アリシアはずっと、首から胸元にかけてしっかりと覆われた教会用のドレスを着ていた。そのため、当然だが胸の谷間は隠れたままだった。

地下牢ではデーメルたちの視線があったせいか、ジークフリートも彼女の身体に触れることは遠慮していたように思う。

だが今は、そんな遠慮はいらなかった。

卑猥《ひわい》な視線を浴びせられることも、邪魔が入る心配もない。

「ほら、問題なく動くだろう?」

言いながら、浴用着の前をはだけ……ジークフリートの指は直接、アリシアの胸に触れてきた。

緩やかに優しく揉《も》んでいるかと思えば、鷲《わし》掴みにして強く揉みしだく。

「あ、ぁん……やぁんっ、あ、あ……あっ、くぅっ!」

「その声を聞く限りじゃ、おまえは優しく揉まれるのが好きらしいな。でも驚いた。王女様のわりに、ずいぶん豊満で淫らな胸をしてる」

そう言うと、彼は手で揉むだけでなく、胸の先端をパクッと咥《くわ》えた。

「そ、そんな……そんなつもりは……あ、あ、やぁん、口に……なんて……舐めたら、ダメで……す」

アリシアは手で口元を押さえ、自然に出てしまう声を必死で堪えようとする。

彼女が通された部屋は正門や中庭から遠く離れていた。広い屋敷なので少しでも離れたら聞こえないのかもしれない。だが、もし聞かれてしまったら……。

それにイングリットがすぐ近くに控えている可能性もある。

「誰も見てない。気にせずに声を聞かせろ」

舌先で硬くなった先端を転がし、突いたり舐《ねぶ》ったりしてくる。アリシアの反応を探り、からかって遊んでいるかのようだ。

「綺麗で、可愛らしい胸だ。さっきは想像するしかなかったが、あそこで目にしてたら、一度じゃ止まらなかっただろうな」

片手で浴用着を脱がせ、アリシアを一糸纏わぬ姿にしていく。

傷ひとつない白磁のような肌が露《あら》わになり、ジークフリートは堪えきれない仕草でその首筋に唇を押し当てた。片方の手は胸を摑んだまま、もう一方の手を背中に回してギューッと抱きしめる。

「あ……あの……ジーク様」

「なんだ？」

「わ、わたし、こんな大きくて……温かいお風呂に入ったのは、初めてなのです」

首筋を彼の唇が何度も上下する。軽く吸いつき、数回舐めたあと、今度は音を立てて吸い上げる。同じ動作を何度も繰り返され、やがて首から肩口に下りていき、鎖骨や胸の谷間にまで唇が這《は》う。

身体がしだいに熱くなり、その熱は下腹部に集中し始める。

たった一度、ジークフリートを受け入れたその場所に不思議な熱が生まれ……アリシアはわけもわからず身を捩《よじ》った。

「初めてだから？」

「なんだか、身体が……熱くて……」

湯の中に浸かっているからか、それとも、ジークフリートの唇に火照っているのか、よくわからないまま彼に身を委ねる。

そのとき、ジークフリートは彼女の身体をすくうようにして膝の上に抱き、そのまま立ち上がった。

「あ……きゃっ、待って、わたし何も」

浴用着を脱がされてしまったので、肌を隠すものが何もない。

そんな格好で横抱きにされ、湯船から出されてしまったら……。あらゆる部分をジークフリートの前に晒《さら》してしまっている。

「このままじゃ、今度は湯船の中で押し入ってしまいそうだ」

彼から荒い息で告げられ、アリシアの息も上がってきてしまう。

「わたしは……平気です。ジーク様が、望まれるなら」

精いっぱいの思いを口にすると、ジークフリートの声がとんでもなく上ずったものに変わった。

「だ、だから、そんな可愛いことを言うんじゃない！　次はベッドで抱きたいんだ。おまえのことも気持ちよくしてやりたい。せっかく、結婚したんだ。喜ばせてやらなきゃ、男が廃るだろう?」

だんだん小さな声になりつつ、彼は湯船から出て浴場の奥に進んだ。

入り口とは反対に向かってどうするつもりだろう、と思ったアリシアの目に、飛び込んできたのは思いもよらない光景だった。


浴場の奥にあったのは、可愛らしいアーチ型の両開きの扉。

とくに鍵はなく取っ手もついていない。ジークフリートはその扉を、彼女を横抱きにしたまま背中で押し開く。

扉の向こうは、中央に大きなベッドが置かれただけの、窓のない部屋だった。

(ベッドがなければ、地下牢のようだわ)

一瞬、息苦しく感じたが、

「上を見てみろよ」

彼の言葉にアリシアは素直に従った。

天井を見上げたとき、斜めに取りつけられた大きな天窓に目を奪われた。正確には、天窓から見える星空に。

満天の星々が彼女を見下ろしている。その瞬間、息苦しさは一掃された。

「浴場に女をはべらせ、連れ込んで抱くための部屋だ。ろくでもない趣味の領主だと思っていたが、まあ、初夜の仕切り直しをするには、ちょうどいい場所だろう？」

「……ジーク様」

アリシアはそれだけしか言葉にできなかった。

いろいろ気遣われて、嬉しくないはずがない。だが、言葉にすると壊れていく気がして、ただただ、思いを込めて彼をみつめ続ける。

そっとベッドに下ろされ、身体全体が柔らかな綿に包まれる感じがした。真新しいリネンの肌触りがとても気持ちいい。

「あ……」

「ん？　なんだ？」

「お湯を拭かずにきてしまって……せっかくのリネンのシーツが濡れてしまいます」

アリシアの言葉を聞きながら、ジークフリートは腰布を取り去った。

「そんなこと、気にならないようにしてやる」

「それは、どういう意味です……か？　あ……んっ」

答える代わりに、ジークフリートは彼女の上に覆《おお》いかぶさってきた。重ねた唇から熱を帯びた吐息が入り込み、ふたりの舌がぬるつきながら絡み合う。

口腔《こうこう》内に充満した熱のせいか、アリシアの身体も同じように火照っていく。

「そう言えば、ここに触れると地下牢でも悦《よろこ》んでいたな」

どこのことを言っているのか、尋ねる前に彼の指がアリシアの下腹部で動いた。脚の間を割り込み、指が敏感な突起をもてあそぶ。

「きゃ……っん！　やぁ……そこ、は、待って……あ、ぁあ、ダメ……ダメ、です」

ジークフリートは時間をかけ、アリシアの花芯をこねくり回した。あまりの心地よさに、慣れていないはずの身体が自然に揺れる。

それらは、檻の中の性急な愛撫《あいぶ》とは比べものにならないほど丁寧なものだった。

「誰も見てないから、思う存分、気持ちよくなれよ。おまえのはしたない姿を俺にだけ見せてくれ」

「は、恥ずかしい……です。ジーク様だけ、でも……恥ずかしくて」

彼の唇が少しずつ下に向かい、舌先でピンク色に尖《とが》った部分を軽く弾いた。

「きゃ！　や、ゃぁあ、あぁっ」

全身がピクンと痙攣《けいれん》して、敏感な突起の奥に潜む蜜穴が、じゅわりと潤った。それはすぐに彼の指先にも伝わり、クチュ……クチュと溢《あふ》れてくる蜜が音を立て始める。

「ほら、濡れてきた。もっとぐっしょりにしてやるから、脚は開いたままでいろよ」

「あ……いやぁ、そんなこと、できま……あぁぁっ」

ジークフリートの唇が腹部をなぞり、さらに下に向かう。

信じられないことに、彼はアリシアの脚の間に顔を埋めてきた。舌を伸ばして悦楽に尖った花芯をゆっくりと舐り始める。ヌメリを帯びた舌が羞恥の場所を往復して、ピチャピチャという水音を辺りに響かせていく。

「ジーク……ジークさ、まぁ……」

彼の名前を呼ぶことが精いっぱいで、あとは唇を噛みしめた。

それでも、堪えきれなくなって脚を閉じようとしたとき、

「こらこら。俺の役に立ちたいんだろう？　脚は開いたままだ。俺がいいと言うまで閉じるんじゃない」

ジークフリートにそんなふうに言われてしまう。

たしかに『何か、お役に立ちたいのです。どうぞ、なんでもおっしゃってください』と言ったのはアリシアのほうだ。もちろん本心から言ったことで、今もそう思っている。

恥ずかしいから、という理由で脚を閉じるわけにはいかない。

アリシアがもう少し我慢してみようと思ったとき、彼の舌先は花芯からずれ、蜜を湛《たた》えた泉

の奥に滑り込んだ。

「はぁうっ！」

尖らせた舌先を挿入された瞬間、アリシアは頤《おとがい》を反《そ》らせた。

そしてそのまま、苦痛とも快楽ともわからない中へ身を投じることになる。

チーズを溶かして混ぜるときのような、とろみのある水音がアリシアの泉から聞こえてきた。

ジークフリートの舌が混ぜ棒のようになり、蜜口から押し込まれている。クニュクニュと形を変え、彼の舌は蜜襞に経験したことのない刺激を与えた。

同時に、指先が淫芽をまさぐり、気が遠くなるような悦びを清楚《せいそ》な躰《からだ》から引き出していく。

「あぁぁ……も、もう、あぅ……いゃあぁぁぁぁーっ！」

アリシアの躰から零《こぼ》れ落《お》ちた雫《しずく》は、リネンに染みを作っていった。

全身に倦怠感《けんたいかん》が広がる。ジークフリートの執拗《しつよう》な口淫を受け、アリシアの花芯は赤く充血してぷっくりと膨れ上がっていた。

「大丈夫か？」

「は……い、だい……」

大丈夫です、と答えたいのに、まともに声が出ない。

夫婦の交わりというのは、息が止まるほど苦しくて、涙が零《こぼ》れるほど心地よいものだったとは。

彼女は力の入らない四肢を投げ出したまま、夜空に浮かぶ数多《あまた》の星々をうっとりとみつめていた。

そのとき、フフッと笑い声が聞こえ――。

「もうダメって顔だな」

ジークフリートの顔が星を遮るようにして、視界に入ってきた。濃いグレーの瞳は優しい光を湛えて見下ろしている。

「はい……もう、ダメです」

「それは困ったな。ここから本番なのに」

「え？　あ、あの……」

たった今、彼の舌でもてあそばれた場所に、今度は灼熱《しゃくねつ》の塊が押しつけられた。

アリシアの胸はとくんと激しく高鳴る。

(初めてではないのだから、あのときほどは痛まない……と思うのだけど)

しとどに溢れた蜜を掻《か》き分《わ》け、ジークフリートの肉棒が入り込んできた。ジュプ、ジュップと濫《みだ》りがわしい水音が立て続けに聞こえ、羞恥に耳まで火照ってしまう。

「はぁう……あ、ふ……んんっ」

とても自分の口から零れたとは思えないほどの、甘い吐息を含んだ嬌声《きょうせい》。

蜜襞を押し広げられる圧迫感は最初のときと変わらない。いや、むしろ、地下牢で抱かれたときより、ジークフリート自身は雄々しく感じる。

「痛みは、なさそうだな。最初のときより、気持ちいいって顔だ」

アリシアはゆっくりと目を開ける。

すると、ふたりの鼻がこすれるくらいの距離に、ジークフリートの顔があった。視線がもつれ合い、ふたりの唇は吸い寄せられる。

唇を押しつけ合いながら、彼は昂《たかぶ》りを根元まで蜜窟の中に埋め込んだ。

互いの秘部を押しつけ合う仕草は、アリシアの淫芽を緩くこすった。さわさわと撫《な》でられ、もの足りなさに全身が粟立《あわだ》つような感覚を味わわせる。

「ひゃっ……ぁんんっ……ダ、メ……も、もう、ぁっ……はぁうっ」

届きそうで届かない感じが、アリシアの中に目覚めたうぶな熱を煽《あお》っていく。

彼女がジークフリートの膝の上で激しく揺さぶられたのは、ほんの数時間前。

下から杭《くい》を穿《うが》たれ、肉襞を裂くような勢いで突き上げられた。その激しさは、彼女の膣《ちつ》奥に挿入した証を刻みつけたいと言わんばかりだった。

あのときの行為が胸に浮かび、アリシアの躰を疼《うず》かせる。

(乱暴なのが、好きなわけではないわ。でも、積極的に求めてもらえたら、安心できると言うか……)

それなのに、ジークフリートは一向に抽送を開始しようとしなかった。

硬く滾《たぎ》った欲棒を奥まで入れたきり、ピクリとも動かさない。

「凄《すご》いな……おまえの膣内《なか》は。入れるだけで、力いっぱい絞られてる感じだ」

彼の言葉に、アリシアの下肢がふるりと戦慄《わなな》いた。

「おっと、またピクンとした。ひょっとして、おまえも気持ちいいのか？」

この感覚を『気持ちいい』と言えばいいのかどうか、アリシアには今ひとつ確信が持てない。

「よく、わからない、の……です。でも、地下牢《ちかろう》の……とき、より、ジーク様は……お、お……大きく、なられてる、感じです」

彼女は真っ赤になりながら、思ったとおりのことを口にする。

直後、ジークフリートの表情が変わった。

目を見開き、驚いた顔をした三秒後、今度は欲情を孕んだ蕩《とろ》けるような顔つきに変わっていく。

そして、我慢できないとばかりに律動を始めた。

「ああ、大きく、硬くなってる。おまえの躰は最高だ。入れるだけで達《い》きそうになる。絶対に──手放せない」

「わたし……あなた、様の、お……役に立てて、ます……か？」

荒々しい抽送を受け、アリシアの身体はベッドに打ちつけられていた。

「ああ、こうなったら少しでも早く、子を孕《はら》ませる。そうすれば、おまえは名実ともに俺のものだ」

はち切れんばかりに膨れ上がった肉棒は、破瓜《はか》したばかりの蜜道をこすり上げた。彼が腰を引き、ふたたび奥まで突き立て――次の瞬間、欲情の滾《たぎ》りが限界を超える。

アリシアの最奥でビクンビクンと跳ねるように精を吐き出していく。それを感じたとき、口淫によってもたらされた以上の悦びを感じ、彼女は肢体を震わせていた。

リネンを蜜液で濡らしつつ……今の彼女に、ジークフリートの言葉の裏側など読み取る余裕はないのだった。

第四章　愛戯

ジークフリートが夜明けとともに王都に乗り込み、偽者の王を取り押さえてから一週間が経《た》った。

それは同時に、アリシアが彼の妻となり一週間が過ぎたことを意味している。

王城を制圧したその日にのうちに、ジークフリートは彼女を領主館から呼び寄せてくれた。

そして、翌日には国王ジークフリートと王妃アリシアが揃って王城のバルコニーに立ったのだが……。

最初は王都の人々も喜びの声を上げていた。

しかし、彼らの中から小さな声で野次《やじ》が飛び始める。

『あの王妃は、悪魔デーメルの味方だぞ！』

『シュヴァルツ王国を食い尽くす女だ。王妃はこの国から出て行け‼』

その声はしだいに大きくなり、アリシアはすぐにバルコニーから引き下がるしかなかった。

『国民たちは王侯貴族に幻滅してるんだ。でも、貴族のすべてが敵じゃないとわかってる。しばらくしたら、おまえのことも敵じゃないと気づくはずだ』

ジークフリートはそう言って慰めてくれたが……。彼の意に反して、アリシアへの風当たりは日増しに強くなっている。

アリシアが王城内で与えられた部屋にいるときは、身の回りの世話をしてくれるイングリット以外は誰も来ないため、余計なことは耳に入って来ない。

だが、ひとりで部屋から離れると、アリシアの姿を目にするなり、女官たちのこれ見よがしな声が大きくなる。

「まさか、陛下がご結婚されるとはねぇ……しかも、王女様」

「マリアーノ王国って知ってた？　あたしは聞いたこともなかったわ。まあ、どっちにしても王族なんてろくでもないんでしょうけど」

「そうそう、陛下を罠《わな》に嵌《は》めたデーメルが用意した結婚相手って言うじゃない！　そんな女が王妃様だなんて……最悪よねぇ」

自分はデーメルの味方ではないし、贅沢《ぜいたく》が目的でシュヴァルツ王国に嫁いできたわけでもない。そう言い返したいが、結果的に王妃を娶るつもりもなかったジークフリートの妻の座に、ちゃっかり収まったことはたしかだ。

一番の問題は、国王の偽者やたくらみに加担した使用人は捕まえたけれど、デーメルをはじめとする貴族たちには逃げられてしまったことだろう。

その苛立ちもすべて、アリシアへとぶつけられている。

（どうすればわかってもらえるのかしら？　でも、その前に追い出されてしまいそう）

暗黒王――そう呼ばれた前国王には王妃である妻と三人の王女がいた。

ジークフリートが女性に対して乱暴な真似《まね》をしないということを逆手に取り、前国王の王妃や王女たちは王位が移ったあともしばらくの間この王城に居座った。

そして、王都の民たちをかなり困らせた後、国外に逃亡したという。

その際に、シュヴァルツ王国内のあらゆる権利を奪われたと言い、王家の金銀財宝を個人に与えられたものだと主張して持ち去ったのだ。その中には、この地に栄えた代々の王が受け継いできた国の宝も含まれていた。

彼女たちは近隣国の王族や有力貴族に匿《かくま》われていると言うが、お礼と称してその財宝を利用しているらしい。

不当に持ち去った財宝だと言い、近隣国に引き渡しを命じようものなら……そこでふたたび、戦争に発展しかねない。

国庫の資産を我がものとして贅沢三昧《ぜいたくざんまい》に暮らし、国の宝すら持ち逃げしたのだ。王族の女はすべて魔女のようだと、国民たちが思い込んでもおかしくない。

王女の称号が、アリシアを前国王の王妃や王女たちと同じ存在に思わせ、国民の怒りをかき立てている。

（ジーク様との結婚は無効にして、この国を出て行きます。そう言えば、信じてもらえるのかもしれない。でも、それは……）

ジークフリートとアリシアの結婚は、出会ってすぐ、無効にできる条件から外れてしまった。

そのことはデーメルも知っており、ふたりが結婚を無効にすると神に宣言したら、教会に対する冒瀆《ぼうとく》と文句をつけられるかもしれない。

同じ内容のことを、王城にアリシアが到着した夜、顔を合わせたマクシミリアンに言われたのだった。

『教会を敵に回すわけにはいきません。元々、ジークフリート様は正統な国王の後継者ではない。今は教会の後押しがあるので問題視されていませんが、敵に回せば悪魔の遣いと言われかねない』

それには、ジークフリートの〝神に選ばれし勇者〟という呼び名が問題らしい。

神の声を聞くことのできる、いわゆる〝選ばれし者〟は教会の関係者に限られる。捨て子の農奴ごときがその役目を名乗るなど、神に背く重罪。そう言われて裁かれる可能性が出てきてしまう。

するとアリシアに対してあれこれ不満を言うマクシミリアンを止めようと思ったらしく、ジークフリートが口を挟んだ。

『だったら文句は言うな。そもそも、デーメルに俺の弱みを作れと進言したのも、アリシアを妻に選んだのも、マクシミリアン――おまえだ』

たくらみの張本人はデーメルで間違っていないのだが、実際に計画を立て、〝王の代理人〟として彼女を迎えに来たのはマクシミリアンだ。

だが、ジークフリートの監禁場所を特定するための苦肉の策、と言われたら、誰も責められない。裏切り者として処罰されることも覚悟の上で、マクシミリアンが行動を起こしていなければ、今もジークフリートは地下牢に捕らえられたままだろう。

そんな周囲の心情をわかってのことか、マクシミリアンに悪びれる様子はなかった。

『おっしゃるとおりでございます。付け足すなら、すぐに結婚の誓いを交わすよう進言したのもわたくしです。ただ、地下牢で夫婦の契りまで交わされるとは、さすがに予想外でございました』

アリシアがその場にいたにもかかわらず、あまりにもあからさまな反論をする。

それにはジークフリートも怒り始め……。

『いい加減にしないか、マクシミリアン！』

ルドルフが間に入って取り成さなければ、ふたりの言い合いはさらに加速したことだろう。

（あれ以来、話をするのはジーク様とイングリットだけ……。どちらにしてもこの状態では、王妃とは言えないわ）

なんとかしなくては、と思いつつ、女官たちの冷たい視線に話しかけることもできず、アリシアは部屋に戻るしかなかった。

アリシアが与えられた部屋――王妃の間は、王の私室と中庭を挟んで向かい合う離れにあった。

正しくは、ジークフリートが常に自分の目の届く範囲に置こうとして、王妃の間をその場所に決めたのだ。これまでは、王の私室から極めて遠い位置にあったと言う。それが何を意味するか、言わずもがなだろう。

中庭には芝生が敷き詰められ、緑の絨毯《じゅうたん》が敷かれてあるように見える。中央には小ぶりだが小川の美しい水を引き込んだ噴水があり、そのすぐ横に八角形の屋根をした四阿《ガゼボ》が配置されていた。

つる薔薇の垣根で造られた小道を抜けると、王妃の間がある離れにたどり着く。王城と離れは回廊で繋がれているので、そちらを通っても充分に行き来できるが、少々遠回りになるので、中庭を横切るのが一番の近道だ。

今現在、その離れに住んでいるのはアリシアただひとり。

回廊の入り口には衛兵が立っているため、女官といえども迂闊《うかつ》には近寄れない。些細《ささい》なことが引き金となり、彼女に危害を加えようとする者が現れるかわからないため、厳重に警戒されていた。

最初は、部屋の外を歩くときは必ず衛兵を伴うよう言われたが……。

『警戒されるのはけっこうですが、やり過ぎますと――やはり国王陛下も王妃のことを信用していないのだ。といった噂が立ちかねませんよ』

マクシミリアンに指摘され、ジークフリートはその命令を撤回した。

そもそも、アリシアに問題があって外出が制限されているわけではない。ただ、デーメルの手の者が入り込み、王妃の誘拐をたくらむのではないか、と心配しているのだ。

あらゆることを考え、着替えの手伝いや給仕だけでなく、部屋の外に出るときは付き添うようイングリットを手配してくれたのだった。

そのイングリットだが、女官長の拝命を断ったと言う。

例の王都近くの領主館をジークフリートが私邸にしたので、彼女はそこの家政婦として雇ってほしいと願い出たようだ。

『お城の女官――それも女官長など、私には畏れ多いことです』

アリシアが直接尋ねると、微笑《ほほえ》みながらそんなふうに言っていた。

だが、アリシアの目にはそれだけとは思えなかった。

（イングリットはあまり王城にいたくないのかもしれない。どんな事情かわからないけれど、いつまでも無理は言えないわ）

そんな気持ちもあり、何度か勇気を出して外に足を向けたが……今と同じようにすぐに帰ってきてしまう。

女官や侍従、果ては下働きの女中にまで冷ややかな視線を向けられては、とても平然と顔を上げていることはできなかった。

（また、今日もダメだったわ）

回廊の入り口から、ほとんど離れることができない自分が情けなくなる。

せめて城内くらいは自由に動き回れるようになりたかった。だがこの分では、いつのことになるやら、見当もつかない。

アリシアは深いため息をつきながら、中庭に面したバルコニーから外に出る。

この中庭にはアリシアに与えられた離れか、国王の執務室と私室からしか入り込むことができない。

もちろん、回廊にある高窓を壊してくぐり抜ければ話は別だ。しかし、そこまでして入ろうとするなら、どう考えてもまともな目的ではない。衛兵に見咎《みとが》められず、できることではないだろう。

人の視線を気にすることなく、アリシアは肩の力を抜いた。四季咲きのピンク色のつる薔薇を楽しみながら、彼女は小道を歩いて行く。

その薔薇の色に合わせたわけではないが、今日の装いは淡いピンクの綿ドレスだった。コルセットを着用せずに着られる部屋着風のデザインだ。大きく開いた胸元にはギャザーがあり、リボンを通して絞るようになっている。

豊かな胸の谷間が、白いリボンに見え隠れする。その胸元を覆うようにして、彼女は綿モスリンの大きなショールを羽織っていた。

この王城で彼女が着ているドレスは、すべてマリアーノ王国から持参したものだ。

淡いピンクのドレスは更紗《さらさ》と呼ばれる異国の布で作られていた。生成りの布を草花から取った染料で染め上げ、何度も何度も洗ってこの儚《はかな》い色合いに仕上げる。珍しい高山の草花と澄んだ水に恵まれたマリアーノ王国の特産品だった。

近隣国はマリアーノ王国で染め上げた布を購入し、これに縦横の縞《しま》柄や格子柄、花柄などを型押しする。その柄物の生地を使って、思い思いの豪華なドレスに仕立てるのだ。中でも最も高額なドレスは、発注者の希望に合わせて職人が柄を手描きするらしい。

大国の王室主催の舞踏会に招かれるときは、昼間ならスタンドカラーのドレス、深夜にまで及ぶ夜会には大きく胸元が開いたドレスの着用が必須だった。

コルセットでウエストを締め、裾の長いドレスを着て数ヶ所持ち上げて留める。ドレスの下から、レースをふんだんにあしらったペティコートを見せ、色の調和やコントラストで美しさを競うのだと言う。

それはほんの数年前まで、この国の、この王城でも行われていたこと。

前国王の王妃や王女たちは、戦など別の国で起こっていることのように振る舞い、豪華な舞踏会を楽しんでいたのだった。

マリアーノ王国を出るとき、

『急なこともあって、あまり豪華なドレスは用意できませんでした。王の使者殿にはお伝えしてありますが、あなたが肩身の狭い思いをしないとよいのだけれど……』

母は不安そうにしていたが、今となってはそれがよかったと言うべきか。

結果的にアリシアは実用的でシンプルなドレスばかり着ている。これが華美なものばかりだったら、さらに女官たちの不興を買ったことだろう。

(貧乏な国の出身でよかったなんて……喜んでいる場合ではないわね)

アリシアは小道を抜けて四阿に足を踏み入れながら、後ろ向きになっている自分の姿にクスッと笑う。

消極的になっているだけではいけない。ジークフリートへの思いは日々募っていく一方で、これはもう恋情以外には考えられないのだから……。

彼の笑顔を思い浮かべたとき、四阿の中に人の気配を感じた。

(え？　誰か……いるような。でも、ここにはジーク様以外の方が簡単に入って来られるはずが……!?)

八角形の建物は木造で、屋根はあるが壁のない開放的な空間だった。

八本の支柱の間には入り口となる一辺を除き、七つの長椅子が置かれている。建物自体が立派な造りなので、長椅子も大きくてどっしりしたものだ。

そのひとつにジークフリートが寝ていた。

（ジーク……様？　今日は朝から夜までお忙しくて、執務室から離れられないとおっしゃっていたのに）

心地よい風と柔らかな陽射《ひざ》しを受け、彼は実に気持ちよさそうに眠っている。

アリシアより十二歳も年上の男性に対して、抱く感想ではないのかもしれないが、『可愛い』と思わずにはいられない。

（なんて、無防備な寝顔かしら……小さな子供みたい）

時折見せる笑顔を思い出し、アリシアの胸は温かくなる。

初めて明るい陽射しの中で顔を合わせたとき、ジークフリートは感嘆の声を上げた。

『驚いた、想像以上の美しさだな！　蜂蜜を垂らしたような、艶のある髪も見事だが――新緑を思わせる緑色の瞳にも、胸が射られるようだ！』

彼があまりに嬉しそうに言うので、アリシアは恥ずかしくて何も言い返せなかった。

そして、黙り込んでしまったのは彼女だけではなく……。周囲に控えていたジークフリートの側近たちも、主君の言動に驚き過ぎて言葉を失っていた。

（普段、女性にあんなことを言わない方なのだと思うわ。だから、側近の方たちも驚いていた

のよ)

だが、ジークフリートの姿に驚いていたのはアリシアも同じだ。

地下牢で結婚式を挙げ、そのまま夫婦の契りを交わしてしまった相手。明るい中で夫の顔を見たとき、彼女はボーッと見惚《みほ》れてしまった。

彼の髪は思ったよりずっと柔らかそうで、黒曜石の輝きを思わせる、くすみのない漆黒だった。瞳の色も蠟燭の灯《あか》りの下で見るより銀色に近い。磨き抜かれた刃のような鋭い輝きを放っていた。

そして荒々しさが際立っていた最初の夜とは違い、昼の光の下に立つジークフリートからは、王者の品格が漂ってきたのだ。

自分の出生に迷いを抱えていても、彼は覇王と呼ばれるのにふさわしい人物だ。

アリシアはそのことをあらためて思った。

しかし、こうして眠っている姿を見ると、駆け寄って抱きしめたくなる。

(ああ、でも、どうしてこんなところで? ひょっとして、お身体の調子が思わしくないのかしら?)

彼はとても健康で丈夫そうに見える。肩の傷もあっという間に治ってしまったくらいだ。

結婚して以降、夜になるとアリシアの部屋にやって来て、夜明け前まで彼女の身体を堪能していく。昨夜も今朝方まで、ふたりはひとつになったままだった。

それを考えたら、病気とは思えない。

いろいろなことを考えつつ、アリシアはジークフリートの顔を覗《のぞ》き込《こ》んだ。

国王として公務についていたのだろう。彼にしては珍しく、貴族的な膝丈のブリーチズを穿《は》いている。上は絹のシャツを着て、襟にはクラヴァットまで結んでいた。

公務がなければ、下は綿かリネンのトラウザーズを穿き、上はチュニックをざっくりと着ていることが多い。

今日は髪まで綺麗に整えていたらしい。

右手をそっと伸ばし、少し乱れた前髪を直そうとしたとき——その手首をガシッと掴まれた。

「きゃっ⁉」

声を上げて手を引っ込めようとするが、強い力で掴まれたまま、逆にグイと引っ張られてしまう。

彼女はそのままジークフリートの上に倒れ込み、気づいたときには、彼に抱きしめられていた。

「よし、捕まえた。おまえは俺のものだぞ」

「ジ、ジーク様っ⁉　なんの悪戯《いたずら》ですか？　こんなことなさらなくても……わたしは、あなた様のものです」

彼の上に乗っかったまま、アリシアは慌てて答える。

「本当に？　教会が許せば俺との結婚を無効にして、この国を出たほうがいいんじゃないか、とか考えてないか？」

ジークフリートの言葉にドキッとした。

それはまさしく、彼女が考えていたとおりだった。心の内を見透かされたようで、鼓動が速まっていく。

「わかりやすい奴だな。だが、そんなことは絶対にさせない。おまえがこの国から逃げ出したら、マリアーノまで追いかけて行くぞ」

「それは……攻めてくる、と言うことですか？」

恐る恐る尋ねると、彼は呆《あき》れたように言い返してきた。

「馬鹿なことを言うな。逃げた妻を迎えに行くのに、攻め込んでどうする。ただ、どうしても俺から逃げたいときは――『農奴の妻ではいたくない』と言え。そのときは、追いかけない」

自嘲めいた笑みを浮かべ、ジークフリートはアリシアの目を見ていた。

彼女は堪えきれず、

「農奴でも、国王でも……わたしはもう、ジーク様の妻です。ただ……わたしの存在が、国王となられたばかりのあなた様の足を引っ張ってしまうのだとしたら」

王妃として受け入れてもらえない自分は、黙って身を引いたほうがいいのではないか、そう言ってしまいそうになる。

だが、それを口にする前に、彼女の唇はジークフリートの唇に塞がれていた。

大きな手がアリシアの後頭部と背中に回される。ジークフリートはたいして力を入れている感じではないのに、アリシアが必死にもがいても彼の拘束から逃れられない。

どうやら、簡単には起き上がれないよう、微妙な力加減をしているようだ。

「んん……んーっ……んんーっ！」

呻《うめ》くだけで言葉にはならなかった。

息を止めていられなくなり、呼吸のために開いた口の隙間から、ジークフリートの舌が入り込んできた。

内側をゆるりと舐《な》め回《まわ》したあと、何かをねだるように歯列をなぞってくる。彼がアリシアの舌を求めているのは明らかだった。

ジークフリートのキスが嫌なわけはない。ただ、どうしてここにいるのか、そして、いきなりキスをする理由を尋ねたいだけだ。

アリシアはほんの少し息を止め、抵抗してみる。

だが、息苦しさから呼吸が乱れ、とうとう降参して舌を差し出した。

「あ……ふぅ……はぁぅ」

強引に搦《から》め捕られたあと、優しく舐め回され、アリシアは背筋がゾクゾクする感覚に涙が零れそうになる。

つんと突いたり、ゆったりと舌を這《は》わせたり……。

ジュルッと唾液を啜《すす》る音が耳に届いたとき、アリシアは我に返った。

ここは王城の中庭にある四阿の中。近づく人がいれば、すぐにも見られてしまう。こんな淫らなキスを交わしていい場所ではない。そう思うだけで脚の間にじわじわと熱が生まれていく。

しばらくして、ようやく唇が離れた。

それを惜しむように、銀色の糸がふたつの唇の間を繋ぐ。

思いはジークフリートも同じらしい。名残惜しそうな顔をして、軽い口づけで唾液の糸を舐め取った。

「おまえは、本当にいい女だ。どうしようもなく可愛い妻に、頼みたいことがある」

「は、はい。あの……なんで、しょうか？」

恥ずかしいが、そんなふうに言われてはとうてい断れない。

その瞬間、彼は真顔になった。

「夜まで我慢できそうにない。ここで、おまえを抱きたい」

「こ、ここで、ですか？　でも、ここは中庭で……四阿で……ジーク様の執務室のほうから人が来たら、見られてしまいます」

思わず、アリシアの声は裏返っていた。

昼食が終わったこの時間、夕刻までイングリットはやって来ないはずだ。彼女以外の人間が、離れのほうから来ることはあり得ない。

だがジークフリートを探して、執務室のほうから誰かがやって来る可能性は大きかった。

「じゃあ、おまえが上に乗ってくれ。それなら、俺の姿は見えないだろう？　ひとりで四阿にいるおまえに、親しげに近づいてくる不届き者はいないはずだ」

彼はあっさりと口にするが、自分から上に乗る、という行為自体が初めてだ。

最初のときの格好に近いような気もする。だがあのときはジークフリートに掴まっているだけで、挿入も何もかも、すべて彼が動いてくれた。

「上なんて……そんな、そんな格好は……あ、やだ、きゃ……んっ！」

アリシアはグッと唇を噛《か》みしめる。

頭を押さえていた手が、アリシアの身体をなぞりながら下に向かい、たくし上げたドレスの裾から忍び込んできたせいだった。

ジークフリートの指は内股をツツーッと撫《な》で上《あ》げ、彼女の口から嬌声が流れ出た。

「あっん……ま、待って、待ってくださ……い。まだ、心の準備が……あっ」

淡いピンクのドレスの下、ジークフリートの指が円を描くようにして彼女の中心を目指していく。薄いペティコートと綿のドロワーズでは彼の指を阻むことはできず、あっという間に花びらの奥まで到達した。

そうなると、もうアリシアには抵抗できない。

この一週間、夜ごと慣らされてきたジークフリートの愛撫に、躰のほうが反応してしまう。彼の指を待ち侘《まわ》びていたように、トロリとした液体がアリシアの膣内《なか》から零れ落ちていった。

「ん？　こっちの準備は万端のようだぞ」

言うなり、彼は一番長い指を蜜窟に押し込んだ。

「きゃ……ぁうっ！」

四阿のすぐ横には噴水がある。水路から一定量の水が流れ込むと、真ん中に立てられた石柱の中を水が通り、噴き上げる仕組みだ。

耳を澄ませば、中庭のどこにいても水路を流れるせせらぎが聞こえてくる。

だが今は、四阿の中から聞こえる淫らな水音に、打ち消されていた。

「んっ、はぁぅ……あ、ぁやんっ！　ジ……クさ、ま……ぁあ、あっ、あぁーっ」

ジークフリートの指は蜜道をゆっくりとこすり続けた。

グチュ……ヌチュ……と響く卑猥な音に、心が乱されていく。

性急に動かされたら、まだ痛みを感じるときがある。ジークフリートもそのことをわかっていて、辛抱強く時間をかけてほぐしてくれるのだ。

いきなり奥まで押し込まず、入り口辺りをぐりぐりと回されるのが一番心地よい。

そのことを口にするのは恥ずかしくてできないが、

「アリシア……おまえ、ここが好きだよな？　気持ちいいか？」

「ど……どうし、て……わかるの、で……すか?」

彼女が気持ちよくなると、すぐに言い当てられてしまうのが不思議でならない。

逆に、痛いのを我慢していても同じだ。激しい動きを抑えてくれたり、律動をやめてくれたりする。

「それは……とりあえず、夫婦になるとわかるんだそうだ。おまえの躰は〝激しい〟より〝優しい〟ほうが感じてるってことくらい、俺にもわかる」

「そ、それは……あっん!」

優しく蜜口を掻《か》き回《まわ》され、同時に別の指がアリシアの淫芽に触れる。その瞬間、ビクンと全身が撥《は》ね、脚の間に温かなヌメリが広がった。

アリシアは堪えきれなくなり、身体を起こして長椅子の背に摑まる。

そのときだ。

「あれ?　王女……っと違った、王妃さんじゃねーか」

噴水の向こう、執務室のほうから芝生の上を歩いてくる大きな影――ルドルフだった。

新生シュヴァルツ王国正規軍を事実上まとめている男、ルドルフ・ツェンタウア上級大将。

松明《たいまつ》の灯りの下、彼の髪は茶色に見えたが、正しくは赤毛だ。長弓を難なく扱い、馬上から寸分の狂いなく射ることができる。そんな彼は赤毛のケンタウロス《ツェンタウア》などと神話になぞらえて呼ばれた。

それを苗字《みょうじ》にすればいいと言ったのはジークフリートだった。

ふたりは知り合って十四年になる。ジークフリートがライフアイゼン伯爵の私兵団を率いていたときからの付き合いで、最初の一年間は敵として剣を交えていた。

ルドルフは農奴だった母親が王都の貴族に凌辱《りょうじょく》されて生まれた子だ。その貴族は認知するどころか、一帯の地主貴族に頼んで母子を領地から追い出した。母子は命からがら隣国に逃げ落ち、母親は娼婦に身を落としてルドルフが十歳になる前に死んでしまう。

そんな彼がシュヴァルツ王国の貴族を恨まないはずがない。

十八歳になったルドルフは隣国の傭兵《ようへい》に志願し、シュヴァルツ王国に攻め込んだ。

『この国の王族も貴族も、奴らの言いなりになってる兵士たちも、全員ぶっ殺してやるつもりで鍛えてきたんだ。それが……会っちまったんだよなぁ、ジークに』

大きな背中を丸めて、彼は愛《いと》しい人のことでも話すように、ジークフリートの名前を口にした。

母親の恨みを晴らすため、彼自身の怒りや憎しみをぶつけるため、憎悪の塊となって剣を振るうルドルフの前にジークフリートが立ちはだかる。

成長期の十六歳と十八歳の差は大きい。腕力も経験もルドルフのほうが格段に上。にもかかわらず、ルドルフはジークフリートを倒すことができなかった。

『守るために戦う――ジークはそう言った。自分のために戦ってるだけの俺じゃ死んでも勝てねぇ気がしたな。それならいっそ、俺が奴を守ってやろう、そう思ったんだ』

アリシアが王城に入り、あらためて挨拶をしたとき、そんなふうに話してくれた。

怒らせると恐ろしい男だと聞く。だが、アリシアがよく見かけるのは、彼自身がマクシミリアンやイングリットに叱られている姿だ。

陽気でよく笑う、気さくな男性。あるいは、頼りがいのある兄。ルドルフにはそういった印象を持っていた。

そのルドルフが、屈託のない笑顔を見せながらこちらに向かってくる。

アリシアはとっさに微笑みを返したが……。

「ジーク様、どういたしましょう」

ルドルフに聞こえないように小声で尋ねる。

「今さら、俺が身体を起こすのは変だろう？　このままでいるから、追い返せ」

「そ、そんな……」

当然と言えば当然の、それでいてかなり難しい命令ではないだろうか。

だが、ルドルフにこんなところを見られるのは恥ずかしい。中庭の四阿で昼間から睦《むつ》み合うなど、いくら結婚したばかりとはいえ〝はしたない女性〟だと思われそうだ。

一方のルドルフは、アリシアの顔に浮かぶ動揺に気づく様子はまったくない。

「ジークを探しにきたんだ。ちょっと休憩って言ったまま、いなくなっちまったから。マクシーは、どうせ新妻のところだから放っておけって言うんだけどな。デーメルの野郎が捕まってないから、また何かたくらんでるんじゃねーかって、気になっちまって」

ジークフリートがデーメルに拉致された一件、このルドルフが一番責任を感じているようだ。

アリシアがジークフリートから聞いた限りでは、責任はジークフリート本人にあると思う。だが、そう簡単に割り切れるものではないらしい。

そんな彼に『ジーク様ならここにいらっしゃいます』と伝えて安心させてあげたい。

(でも、四阿の長椅子の上で何をしているのか、と聞かれたら……ああ、やっぱりダメだわ)

アリシアは大きく息を吸うと、長椅子の背から身を乗り出すようにして答えた。

「ジーク様は……離れの、寝室に。あの……お疲れのようで、休んでおられます」

できるだけ大きな声を出そうと思うのだが、なかなか難しい。それでも、あまり小さな声になってしまうと、ルドルフが近づいて来てしまいそうだ。

「お、起きられたら、すぐに戻られるようお伝えいたします。ご心配をおかけして、申し訳ありません！」

最後の辺りは叫ぶように言った。

すると、ルドルフは破顔して手を上げたのだ。

「まあ、疲れもあるだろうが、奴の場合は寝不足だな。王妃さんは大丈夫なのか？」

「わたし、ですか？　わたしは……ぁ」

ジークフリートの上にいたのではバランスが悪く、倒れてしまいそうになり……。アリシアはとっさに、彼を跨《また》ぐようにして長椅子の上に膝をついていた。

すると、あろうことかジークフリートは身体を下にずらし、彼女のドレスの中に潜り込んできたのだ。

「俺が言うのもなんだが、奴の体力は底抜けだからな。律儀に相手してたら、王妃さんのほうが倒れるぜ」

「は、はい……わかり、ました。どうもありがとうござ……ぃ、ま……す」

あとから考えれば、それこそ律儀に返事をすべきことではないだろう。だがこのときは、早くルドルフに引き揚げてほしい一心だった。

ジークフリートはドレスの中にとどまっている。

まさか彼がこんなことをするとは思わず、アリシアは無防備にも脚を開いたままだ。その上、秘所を覆うドロワーズの紐《ひも》もほどかれている。

脚を閉じようにも閉じられず、あっと思った瞬間、濡れそぼつ部分に温かなものが触れた。

（こ、これは……これって……）

彼女の大事な部分をヌメリと弾力のあるモノが往復する。

すぐに、ジークフリートが舌で愛撫しているのだと気づくが、彼女にはどうすることもできない。

だが、先ほど以上に、ルドルフにジークフリートの存在を知られるわけにはいかなくなった。

アリシアは懸命に表情を取り繕う。

「あのさ、王妃さんにちょっと話があるんだが――いいか？」

尋ねておきながら、ルドルフは彼女の返事も待っていてくれない。ズンズン歩いてきて、すでに噴水の近くまできている。

「ダメです！　あ、いえ……あの、エッフェンベルク卿に近づかないよう、言われておりまして……そ、それと、ルドルフ殿にも……申し訳ありません」

ルドルフに関してはとくに言われていなかったが、他に適切な理由が思い浮かばない。

我ながら微妙な言い訳だと思ったが、ルドルフはアリシアの言葉をそのまま信じてくれたようだ。

「そういや、妙にマクシーのことを気にしてたな。だが、俺のことも疑ってるのか？　とんでもない奴だ」

とんでもない、と言いながら、彼はニコニコと笑っている。

「じゃあ、ここで言おう。奴だけは、こういう事態にはならないと思ってた。女に夢中になるような奴じゃないって。でも、たった一週間であんたの尻に敷かれちまったな」

「し、尻……尻って。そんな、そんなこと……」

たった今、ジークフリートをお尻の下に敷いている、と言っても過言ではない。

それをルドルフに言い当てられた気がして、アリシアは真っ赤になって口をパクパクさせた。

しかも、その言葉はジークフリートにも聞こえたらしい。

しだいにドレスの内側の動きが激しくなり、舌だけでなく指まで使い、彼女の割れ目を執拗に嬲《なぶ》り始めた。

アリシアは腰をもぞもぞと動かし、掌《てのひら》で口元を押さえることが精いっぱいだ。

だが不幸中の幸いと言うべきか、その仕草はルドルフの言葉にショックを受けているように見えたらしい。彼は慌てて謝罪を口にする。

「悪い！　俺は生まれも育ちもよくないから、品が悪いってしょっちゅう叱られるんだ。王妃さんに向かって、亭主を尻に敷いてるってのは言い過ぎだよな。とにかく、ジークを頼む！それだけだ」

本当にそれだけを言うと、ルドルフはクルッと身を翻し、芝生を駆けて行った。

アリシアは引き止めて何か言葉を返したいと思ったが、すぐにそんなことを考える余裕もなくなる。

「あ……あ、ジーク、様……ル、ドルフ殿が、いらしたのに……あんまり、です。こんな、あぁ……やぁーっ」

敏感な突起をひと息に吸われ、蜜窟に指を忙《せわ》しなく抜き差しされて――。

アリシアは瞬く間に昇り詰めた。

腰がガクガクと動き、下肢を小刻みに戦慄《わなな》かせる。荒々しい呼吸で長椅子の背もたれに抱きついたまま、アリシアは身動きもできなかった。

（こんな、中庭で……日も高いうちから、わたしはなんということを）

羞恥に震える身体の下から、ジークフリートはスルリと抜け出す。

「尻に敷かれるのも悪くない。おかげで、甘い蜜をたっぷり味わえた」

「そう言う、意味では……きゃっ！」

彼が脚の間からいなくなり、そのまま腰を落とそうとしたとき、背後からドレスとペティコートを一気に捲られた。たった今までジークフリートの愛撫《あいぶ》を受けていた場所が、眩《まぶ》しい光の下、露《あら》わになる。

そこは彼女から溢《あふ》れ出《で》た愛蜜の液が滴り、濃厚なピンク色に艶めいていた。

「あの野郎、何が底抜けだ。――アリシア、おまえが嫌なら無理に付き合えとは言わない。だが、ここは俺を欲しそうに涎《よだれ》を垂らしてるぞ」

噴水のほうから清々《すがすが》しい風が吹いてきて、剥《む》き出《だ》しになった臀部《でんぶ》がゾクッとした。

「嫌なんて……そんなことはないです。でも、たった一週間で、はしたない女になってしまったみたいで……ジーク様は、わたしを軽蔑したりしませんか？」

ほんの少し、振り返りながら答える。

ジークフリートはクラヴァットを乱暴にほどき、床に投げ捨てたあと、アリシアに覆《おお》いかぶさった。

彼女の頬《ほお》に口づけながら、高ぶりを蜜の溢れる入り口に押し当ててくる。

「どうして軽蔑するんだ？　夫の愛撫に乱れることを、はしたないとは言わない。違うか？」

欲情に塗れた息遣いが、アリシアの官能を激しく揺さぶる。

「違わ、ない、で……あっ、あ、ジーク様……あぁぁっ‼」

媚肉を押し広げ、ズズッと肉の剣が押し込まれた。

アリシアはさらに声を上げそうになるが、女性の悲鳴に似た声がルドルフに聞こえたら、彼なら心配して戻ってきてしまうかもしれない。

そのことを案じて、グッと唇を噛みしめる。

「妙な気分だ。おまえを抱くところを、ルドルフに見せつけてやりたい。そう思う反面、おまえの素肌も女の顔も、誰にも見せたくないと思う。――矛盾してるな」

しんみりとしたジークフリートの声音は、思わず吐露してしまった本音に聞こえた。

「わたしは……人前は、嫌です。最初のときを、思い出して……怖い、です」

訥々《とつとつ》と呟《つぶや》いた直後、彼は背後から力いっぱい抱きしめてくれた。

「すまない、アリシア。本当はわかってる。俺もそうだ。誰にも、おまえの乱れた顔は見せた

くない。それなのに、どこでもおまえが欲しくて堪らなくなる」

言いながら、彼は自身の剣を緩やかに抽送し始めた。

前後左右に腰を動かし、蕩けそうな蜜壺の中を肉棒でこねくり回す。

「――ったく、自分が暴れ馬になった気分だ。精いっぱい抑えようとして、このざまだからな」

悔しそうに呟いたあと、ググッと奥まで挿入した。

アリシアは背中を反《そ》らせ、声を殺しながら彼を深い部分まで受け入れる。

ここまで充分に馴染《なじ》ませてくれたせいか、抱き合うのに不適切な場所であるにもかかわらず、痛みはなかった。

「あっ……んんっ、ん……あぅ」

「どこか、痛むか?」

心配そうなジークフリートに『大丈夫です』と答えようとしたが、口を開くと嬌声《きょうせい》を上げてしまいそうだ。

アリシアは口を引き結んだまま、首を横に振った。

「声、出していいぞ。おまえの可愛い声が聞きたい」

甘くささやきながら、彼は腰を激しく打ちつけ始める。

たっぷりの蜜を搦めた欲棒が、彼女の膣内《なか》を忙しなく動く。その動きはまるで本物に暴れ馬のようだ。蜜襞がこすれて、気づいたときには渾身《こんしん》の力で背もたれを握りしめていた。

(口を開いたら、叫んでしまいそう。愛しています――って。ジーク様は喜んでくださるかしら?)

アリシアのそんな思いを察しているかのように、ジークフリートは荒々しい息遣いで命じた。

「国王命令だ。さあ、快楽に果てる声を聞かせてくれ」

「そ、そんな……もし、執務室まで、き、聞こえた……あ、あぁ、ダメです……そんな、動かしては、わたし……わたし、もう……ああーっ!」

かろうじて肩にかかっていた綿モスリンのショールが、激しい睦《むつ》み合《あ》いに耐えきれず、長椅子の向こう側に落ちる。

その瞬間、露わになった肩口にジークフリートは唇を押し当てた。

同時に、アリシアの胎内を奔流が駆け巡る。ピクピクと震えながら吐き出される白濁の熱に、彼女は溶けてしまいそうな悦びを感じていた。

アリシアの身体から力が抜け、崩れ落ちそうになったとき、背後にいたジークフリートがしっかり抱き留めてくれた。

「すみ……ません。膝に力が、入らなくて」

そんなことはありません――と答えたいが、頑張って力を入れようとしても、カクカクと膝が笑っている。

「ちょっとだけ、脚に力が入らなくなりましたけど……。でも、気持ちよかったです！　本当です。嫌だなんて、思っていません！」

存分に抱けなくて楽しめない、と思われたくなかった。

「で、ですから、ジーク様が望まれるなら、わ、わたしは、いつでも大丈夫です」

「本当に〝いつでも〟かまわないのか？」

念を押されると、〝いつでも〟は訂正したほうがいいかもしれない、と不安になる。

だがジークフリートは、そんなアリシアのことをからかい半分で聞き返したようだ。彼女を抱きしめたまま、笑いを噛み殺しているのがよくわかる。

アリシアはほんの少し悔しくなり、ついつい、意地を張ってしまった。

「はい。ジーク様なら、〝いつでも〟かまいません」

直後、頭の後ろからフッと小さな笑い声が聞こえてきた。

「それはよかった。じゃあ、このまま続行しても大丈夫だな？」

「え？　それは……あ、きゃっ⁉」

俄《にわ》かに、意地を張ったことを後悔しそうになる。

「無理させたか？」

だが、本格的に後悔し始める前に、ジークフリートは腕の中の彼女を長椅子に寝かせたのだった。

そのときになってようやく、アリシアはふたりの下半身が繋《つな》がっていること気づく。蜜窟に収まったままの雄身は、ほとんど存在を感じさせない状態から、少しずつ復活の兆しを見せていた。

「あの……待ってください、ジーク様……あ、あっ……わたしの話を……やっん」

長椅子の上に横向きに倒され、そのまま、片脚を引っ張り上げられてしまう。

脚を大きく開かされ、羞恥に抗議する間もなく、ふたりの体位は入れ替わっていた。後ろから挿入されていたはずが、あっという間に向き合う格好になっていたのだ。

「おまえを後ろから貫くのもそそるが、やはり顔を見るほうがいいな。後ろからだと、口づけもままならないし」

灰色の瞳が昼の陽射しを受けてキラキラと輝いている。

その嬉しそうな、幸せそうなまなざしに、うっとりと見惚れてしまい……気づいたときには、ふたりの唇は重なっていた。

彼は強く押し当てたあと、アリシアの唇をなぞるようにして優しく食む。歯を当てるだけの甘噛みに、繋がった部分がズキンと疼いた。

すぐに我慢できなくなり、彼女のほうからジークフリートに抱きついてしまう。

「ジークさ、ま……ここで、また……?」

「〝いつでも〟大丈夫なんだろう?」

「それは……はい、だい、大丈夫、です。でも、あの……ルドルフ殿の耳に聞こえていたら、ジーク様は恥ずかしくないですか?」

アリシアはそのとき、膣奥で蠢《うごめ》く雄に意識を奪われていた。

猛りが少しずつ……少しずつ……力を取り戻していく。やがて、はち切れそうなほど昂《たかぶ》り、躰《からだ》の中は隙間もないほどいっぱいになっていく。

「そんなことも気にならないほど、おまえが欲しいと言ってるんだ。いい歳をした男が、これじゃ十代の若造だな。抜く間も惜しんで、女の躰を抱きたくなる日が来るとは」

ジークフリートの言葉は愛の告白のようで、アリシアの心と身体をどんどん煽り立てる。

「わ、わたしも……。とても恥ずかしいことだと、わかっているのに……ジーク様に、求められ……ると、嬉しく、て……あぅっ! あ、あ、あぁーっ」

内側から広げられ、膣襞はふたたび蜜を滲《にじ》ませ始める。

彼女の胸に『やはり顔を見るほうがいい』というジークフリートの言葉が浮かんだ。

(わたしも、ジーク様のお顔を見ているほうが幸せ)

じわじわと広がっていく快感が、速まる抽送に高められていく。

そのとき、胸元のリボンがふわりとほどけた。ジークフリートが軽く摑んで引っ張ったのだ。

そのまま、彼の唇は豊かな谷間をなぞり、襟を押し下げていく。

「あ、あの……胸が、見えて、しまうのですが……？」

アリシアがそう訴えたとき、すでにピンク色の尖りが襟から零れ落ちそうになっていた。

「ああ、俺が見たいから。いや、舐めたいからって言うべきだろうな」

「ジ、ジーク様っ⁉」

下半身は繋がったまま、両手で彼女の身体を支え、ジークフリートは器用に背中を丸めて胸に口づける。硬くなった先端を口に含み、舌全体で優しく包んだあと、今度は舌先で転がし始めた。

アリシアの目覚めたばかりの官能はジークフリートによって翻弄され、四阿を中心に心ならずも喘ぎ声を響かせてしまう。

「もう……もう、ダメで、す……ジークさ、ま……も、う、これ以上……ゆ、るし……ぁん、やぁんっ！　や、ぁあああーっ‼」

心も身体も、すべてがジークフリートの色に染められていく。

つい一週間前まで無垢《むく》な少女であったアリシアは、抱かれるたびに女に変わっていった。

☆　☆　☆

ほんの数時間前、明るい陽射しの下で睦み合ったふたりが――夜は離れのベッドに横たわっていた。

ジークフリートの欲望はとどまることなく、何度もアリシアを求めてくる。

今夜だけで三度目の放出を終え、ようやく〝繋がらない〟状態で、ふたりは身体を寄せ合っていた。

「――兄妹の仲がよくて、村の子供たちとも楽しく遊んできたことはよくわかった。いつか海を見てみたいと思っていて、島国に嫁ぐことが夢だったことも。それで……護衛長がなんだって?」

彼はアリシアのことならなんでも知りたがる。

マリアーノで彼女がどんなふうに育ってきたのか、子供のころはどんな夢を持っていたか、好きな色や好きな食べ物、そして初恋の話まで……。

質問に真面目に答えていき、『城の護衛長のことを慕っていた』と口にした直後、ジークフリートの声が低くなった。

「ですから、わたしが憧れていたのはグレンデス護衛長です。護衛長はいつも傍にいてくれました。十二歳のとき、森で熊に出会ってしまって……護衛長が助けてくれなければ、妹たちと一緒に食べられていたでしょう」

下ふたりの妹に野ウサギを見たいとねだられ、今より少し寒くなった森にアリシアたちは出かけた。母に反対されるだろうと思い、三人だけでこっそりと城を出る。

だが、森で彼女たちを待ち構えていたのは、可愛い野ウサギではなく、冬眠前の熊だった。

そのとき、密《ひそ》かについてきていたグレンデスが、熊を殺すことなく追い払ってくれたのだ。

そして、三人の王女を城まで連れ帰ってくれた。

「ジーク様には遠く及ばないのですが、グレンデス護衛長はマリアーノ王国で一番強い方なのですよ」

アリシアは無邪気に微笑んだ。

ところが、ジークフリートからはなんの返事もない。

「あの……ジーク様？」

答え方が悪かったのだろうか？

だが、彼のほうが言い出したのだ。『おまえにも好きな男がいたんじゃないか？　理想の、あるいは憧れの男ならどうだ？』と。

聞かれたのでいろいろ考え、父や兄以外で一番アリシアの身近にいて、彼女を守ってくれた男性の名前を挙げた。

するとジークフリートは彼女が予想もしなかったことをぽつりと呟く。

「猪なら倒したことはあるが、熊はないな」

「あ、いえ、別にグレンデス護衛長も熊を倒したわけでは……。雌の熊で、お腹に子供がいたようです。冬眠前のエサを集めているだけだから、殺すのは忍びないと言って。護衛長はとても優しい人なのです」

アリシアの言葉にジークフリートはますます不機嫌そうになる。

彼の笑顔が見たくて、必死になって言葉を続けるが……。

「わたしだけでなく、すぐ下のアメーリアもとても頼りにしていました。小さいころは、どちらが護衛長のお嫁さんになるかで喧嘩《けんか》したことも。そのあとお母様から叱られて、王女としての心構えをこんこんと説かれました」

当時のことを思い出すだけで、クスクスと笑ってしまう。

王女としての立場を理解する前、二歳違いのアメーリアとはよく喧嘩をしたものだ。

「アメーリアはとても頭がよいのです。女の子に学問は必要ないと叱られても、勉強はやめませんでした。真ん中のアリソンは剣を学んでいて、〝じゃじゃ馬王女〟と呼ばれています。四番目のアビガイルはとても泣き虫で、一歳下のアグスティナに泣かされてばかりでした。ああ、熊に出会ったときはアビガイルとアグスティナが一緒にいて……」

「待った、ちょっと待った！　アメーリアまではいい、そのあとは……ア、ア、ア」

「妹たちは上から、アメーリア、アリソン、アビガイル、アグスティナです。普段は、リア、ソーン、ビー、ティナと呼んでいます」

ジークフリートは髪をかき上げながら、小さなため息をついた。

「俺に娘が生まれたら、名前はもっとわかりやすくする」

心の底からの言葉に聞こえ、アリシアは笑ってしまう。

「はい。ジーク様の仰せのままに」

「間違っても、アーデルハイトやアンネリーゼにはしないからな」

「アーデルハイト――わたしと同じ〝真実〟という意味を持つ名前ですね。あ、いえ、わたしも妹たちの名前は混乱することがあるので……」

まるで『アーデルハイトがいい』と言っているように聞こえ、アリシアは慌てて釈明する。

そして、びくびくしながらジークフリートの顔を見上げたとき、濃灰色の瞳が彼女を見下ろしていた。

「モーリッツの悪だくみは許せるものじゃない。それに、マクシミリアンが何を思っておまえを選んだのか、今でもよくわからないが……相手がおまえで本当によかった」

胸の奥がじんわりと温かくなっていく。

「わたしも、決断してよかったです。ジーク様の妻になれて……わたし、わたしはあなた様のことを……」

「王女の義務で嫁いできたおまえなら、愛だ恋だと面倒なことは言い出さないだろう？」

「え？」

愛を告白しようとしたアリシアの口を塞ぐように、ジークフリートは衝撃的な言葉を口にする。

それはまるで喉の奥に石を押し込まれたようで、息をするのも苦しくなっていく。

「俺にはよくわからない感情だからな。期待されても困るんだ。でもおまえなら、王女として、いや、シュヴァルツ王国の王妃として、正しいことをしてくれるだろう？」

「正しい……こと、ですか？」

王妃として国王を愛することは、正しくないことなのだろうか？

母や祖母は――夫となる男性のよいところを認め、心から尊敬して慕いなさいと、アリシアに教えた。そうすれば彼女自身も幸せになれる、と。

恋をしてから結婚はできないが、結婚相手と一生かけて素晴らしい恋をしたい。

そう思い続けてきたアリシアに、ジークフリートは『期待されても困る』と言う。彼にとって愛や恋は『面倒なこと』だった。

ジークフリートの妻になれて嬉《うれ》しい、あなたのことを心から愛している――その思いはどこにやればいいのだろう。

「〝国民を死なせないのがよい国王〟おまえはそう言ってくれた。俺にもよくわからない王としての正しいあり方を、おまえなら教えてくれそうだ」

アリシアの胸がトクンと高鳴った。

よい国王になろうと、ジークフリートは必死なのだ。それは彼の素晴らしくよいところで、すでにアリシアは彼のことを慕っている。

そんな彼の信頼に応えたい。その思いを糧にして、夫婦の絆を作っていけばいい。

信頼は愛情に劣る思いではない。愛情はアリシアの心の奥深くに隠しておけばいいだけだ。

溢《あふ》れてきそうな涙をグッと飲み込み、彼女はジークフリートの胸に顔を埋めた。

「はい、わたしにわかることでしたら……王妃として、生涯、その義務を果したいと思います」

愛の言葉は絶対に口にしない。

アリシアは悲しい決意を胸に秘めた。

第五章　不和

王城の前庭にジークフリートは剣を握って立つ。

彼の前には鎧《クウィラス》をつけた長身の兵士がひとり。同じ長さの剣を持ち、切っ先をジークフリートの顔に向けて構えている。雄牛の型と呼ばれる構えだった。

「はぁあああああーっ！」

長身の兵士は気合を入れるように威勢を上げ、ジークフリートに向かって突進してくる。

一方、ジークフリートのほうは鎧を身につけていない。代わりに革の胸当てをつけ、腕と腰回りを同じ革製の防具で巻いていた。

そして、鞘に収めたままの剣を軽く肩に担いだあと、突っ込んできた兵士の剣をひと振りで薙ぎ払う。

兵士は武器を失い、その場に立ち竦んでいる。

「長身を生かして上からの攻撃は正しい――が、動きが遅い。あと、腰を落とせ。そんなに重心が高いと」

そう言った直後、ジークフリートの剣は兵士の脚を払っていた。

兵士は一瞬で仰向けに倒される。慌てて立ち上がろうとするが、ジークフリートが体重をかけてそれを阻止した。

「両脚を奪われた挙げ句、地面に転がされ、あとは逃げることもできずに胸を突かれて絶命だ」

鞘の先端で鎧の胸当てをドンと突かれ、兵士は情けない呻《うめ》き声《ごえ》を上げた。

近隣国が配備する銃兵も増え、主力となるマスケット銃の威力や命中率は上がってきている。だが、まだまだ接近戦では剣での戦いが主流だ。そのため、国王自らが分隊から中隊までの指揮官を集め、実戦訓練を行っていた。

十人前後で一分隊、四分隊が一小隊となり、四小隊で一中隊を構成する。基本的には中隊長までが部下を連れて前線に立つ。彼ら全員を、戦場で部下のひとりひとりに配慮できる指揮官にすることが訓練の目的だ。

指揮官が有能なら隊の総合力は相乗効果で上がり、無能なら優秀な部下を揃《そろ》えても相殺されてしまう。それはたとえ寄せ集めの農民兵であっても、有能な指揮官がいれば実力以上の働きをする。

と言うのが、マクシミリアンの意見であり、ジークフリートもそれを支持していた。

地下牢《ちかろう》から脱出し、本物の国王として王城に乗り込み早一ヶ月。それは同時に、彼がアリシアと結婚してひと月経《た》ったことを意味していた。

季節は完全に秋となり、朝夕は涼しげな風が頬を撫でる。

ジークフリートを拉致監禁したデーメルの行方だが、国王の偽者を演じていた男を締め上げてはいるものの、いまだ協力者や隠れ家の場所も判明していない。

それを思えば、とても気の抜けない状況であることはたしかだ。

「陛下！　次は自分です。よろしくお願いします！」

そう叫びながら、ひとりの兵士が前に飛び出してくる。

ジークフリートは剣を握り直すが、そのとき、王城の窓からこちらをみつめる視線に気づいた。

ふいに胸が高鳴り、血流の方向が変わる。

陽が沈むまで、まだしばらくの時間があった。あと数人の訓練に付き合うことはできそうだが……。

「いや、俺はここまでだ。――ペーター！」

従者の名を呼び、彼に剣を委ねる。

「あとは頼むぞ」

「またですか？　でも、今日は上級大将閣下が間もなくお帰りになられますよ。それまで、陛下が訓練を続けられたほうがよろしいのでは？」

我が軍に上級大将はただひとり、ルドルフだけだ。

ペーターの言うとおり、ルドルフの帰りを待ち、彼にあとを任せたほうが無難だろう。

だが、アリシアの視線に気づいてしまった。そうなれば、すぐにも彼女の傍らに駆けつけ、抱きしめたくて堪らなくなる。この一ヶ月、そんなことの繰り返しだった。

「そうだな。じゃあ、おまえがここで訓練を続行しておいてくれ。全員、最前線に立ってる連中だ。しっかりやれよ」

「む、無茶《むちゃ》をおっしゃらないでください！」

ペーターはジークフリートの身の回りの世話をしている。

銃剣や弓が使えないわけではないが、馬の扱いほど褒められたものではない。彼の役割は、どちらかと言えば文官に近いものだった。

そんなペーターに指揮官クラスの実践訓練に付き合えと言うのは無茶だろう。

しかし、泣きそうなペーターの抗議を軽く往なし、ジークフリートはアリシアの立っていた場所を目指して走り出していた。


「ジーク様！　いつの間に……訓練はもうよろしいのですか？」

前庭にいたはずが、あっという間に駆けつけてきたジークフリートの姿を見て、彼女は目を丸くしている。

「ああ、もう三十人以上の相手をしたんだ。そろそろ切り上げても、誰にも文句は言わせない」

このひと月でアリシアの様子はだいぶ変わった。

昼間は結い上げていることが多かった蜂蜜色の髪は、彼が望むといつも自然のまま垂らしてくれるようになった。太陽の光を受けて艶めく髪はこの上なく美しい。今も、傾きかけた陽射《ひざ》しを受け、この上なく色めいて見える。

吸い寄せられるように近づき、金色の髪を撫でながらキスしたい衝動に駆られたが……。

「ちょうどよかった。お湯の用意がしてあります。どうぞ、汗を流してさっぱりなさってくださいませ」

あっさりかわされたようで、少し拍子抜けだ。

「あ、ああ、そうしよう」

アリシアをみつめながら、ジークフリートはうわの空で答える。

「でも、驚きました」

「何がだ?」

「軍というのは、これほどまでに毎日訓練なさっているのですね」

彼女はほとほと感心したようにうなずいている。

王城では軍の訓練に前庭を使うことが多い。アリシアが離れから出て、一番近い階段を上がり、窓から外を見おろすと――そこが前庭だった。その時間が午後なら、彼女の目に映るのは訓練ばかりになるだろう。

細かいことを言えば、訓練をしている兵士の顔ぶれも訓練内容も毎日違うのだが、彼女にわかるはずもない。

「軍は戦に備えてのものだからな。俺自身、争いは好まないが、好む連中もいる。黙って命を差し出すつもりはないから、家族や土地を守るためにも、できるかぎりの訓練を積んでおく必要がある」

「知りませんでした。剣を手にされるだけで、男の方は戦うことができるのだと思っていました」

「おまえのお気に入りの……なんとか護衛長は日々の鍛練を怠っていたと見えるな。まあ、平和な国だから、それも仕方ないが」

ジークフリートはグレンデスの名前を覚えていながら、揶揄するように言ってしまう。

今から数週間前、アリシア自身のことを尋ねたとき、彼女の口から『憧れていたのはグレンデス護衛長』で『護衛長のお嫁さん』になりたかったという言葉が飛び出した。

彼はその言葉に信じられないくらい胸がざわめいたのだ。

（たかが熊を追い払ったくらいで、どうしてアリシアはあんなに嬉しそうに名前を呼ぶんだ⁉

俺だって、彼女を連れて熊に遭遇したら、立派に守って見せる！）

対抗心を持つ反面、彼女は王女でなければ、グレンデスの花嫁になりたかったに違いない、と思った。

その証拠に、グレンデスのことを口にして以降、アリシアは時々何ごとか思い悩む様子を見せる。ジークフリートから視線を逸《そ》らし、寂しそうに目元を拭っているのだ。

彼女の輿入れは自分が無理強いしたわけではない。あえて責任を問うなら、マクシミリアンが彼女を選び、マリアーノ王国のイサンドロ国王に強要した。

だが、マクシミリアンがそんなことをした原因はジークフリートにある。

その点を考えると、やはり自責の念で居た堪《たま》れなくなってしまう。

「そうですね……マリアーノの城には数十人の衛兵がいましたが、こんな訓練など見たことがありませんでした。銃も、この国に来て初めて目にしたものです」

銃どころか、大型の馬すら見たことがなかったと話していた。

軽量馬車を曳いたり、農耕作業に使ったり、小回りの利く小さな馬しかマリアーノ王国にはいないらしい。

ジークフリートの馬にアリシアを乗せたとき、怖そうにしながら彼の胸に摑まっていたことを思い出す。

ふたりは階段を下り、回廊に向かう。回廊を通って離れに入るなど、ジークフリートには珍しいことだ。

少し距離を置いてついて来るアリシアに、彼が声をかけた。

「だいぶ王城内を歩き回れるようになったようだな」

初めて王城に入ったとき、すぐに王都の民の前に立たせたことは失敗だった。

誰かが彼女をマリアーノ王国の王女だと叫び、あとは〝王女〟の称号だけで、前王妃や王女に向けた怒りがアリシアに集中したのである。

当時は王城の警護にあたっていた衛兵たちですら、アリシアのことを蔑視していた。

彼らは皆、〝王女〟というものに幻滅していたのだろう。

だが、ここ一ヶ月で衛兵たちの態度が変わってきたように思う。穏やかで心優しく、立ち居振る舞いにも気品のあるアリシアのことを、王妃として認め始めたようだ。

問題は女官たちだった。

前王妃や王女に仕えていた女官たちは、多くが彼女たちと一緒に国外に出た。残った女官はデーメルをはじめとした貴族の息のかかった者たちばかりで、偽者の国王に加担したため、全員が取調べ中だ。

新たに女官を採用しなくてはならなくなったが、貴族の屋敷で雇われていた者はどうも信用できない。結果的に、女官は商家に奉公していた者を中心に急ぎかき集められた。

だが、彼女たちは王城に勤めるための教育など一切受けていない。行儀作法や言葉遣いの点で大きな難があった。

それだけではない。彼女たちはアリシアが王都の民から王妃として拒絶されたところを見ていた者ばかり。当然、彼女たちもアリシアのことを受け入れようとせず、王妃に対して不埒な言動の数々を繰り返していると言う。

そんな報告をイングリットだけでなく、マクシミリアンからも聞いていたが……。

「はい。あの……ありがとうございます」

「なぜ、俺に礼を言うんだ？」

ジークフリートがぶっきらぼうに答えると、彼の右肘にアリシアが手を添えて言った。

「ジーク様のおかげと聞きました。わたしが離れから出やすいよう、午後から夕刻まで、女官たちの数を減らしてくださった、と」

とっさに、イングリットから聞いたのだろうと思った。

報告は受けていても、アリシア自身は彼に何も言ってこない。女官の不遜な態度についてひと言も責めず、不満も言わない。尋ねても、何もないと繰り返すだけだった。

そうなれば、ジークフリートにできることは、それとなく手を回すくらいだ。

「ただ、これだけは……。決して、彼女たちのせいではないのです。信頼や尊敬は何もせずに得られるものではありません。わたしに王妃としての資質が足りないせいで……」

「足りないのは俺も同じだ。おまえだけのせいじゃない」

右肘が妙にくすぐったい。抑えきれない感情に突き動かされ、彼女の手に自分の手を重ねて強く握ろうとした。

だがそのとき、アリシアは彼の動きを察したようにスッと手を引いた。

「どうした？　俺に触れられるのは嫌か？」

「そうではありません。でも、王妃としてふさわしくない態度だったと思いまして……」

彼女の態度はまるで、ふたりの間にわざと壁を作っているように感じる。

夫として夫婦の行為をねだり、拒否されたことは一度もない。ジークフリートを受け入れ、たどたどしい動きではあるが懸命に応えてくれる。その姿はあまりに可憐で愛らしく、一度始めると明け方までやめることができないほどだ。

「俺から離れようとすることのほうが、王妃としてふさわしくない」

「それは、申し訳ありま……ぁっ」

ジークフリートは一歩踏み込み、彼女の顎を摑むと上を向かせた。

そのままの勢いで、彼女を回廊の壁に押しつけ、唇を奪う。

「お、お待ちくださ、い……陽が傾いているとはいえ、まだ、明るくて……と、扉の向こうには、衛兵の方も……い、いらっしゃいます」

「大きな声を上げなければ、扉の向こうまでは聞こえない」

今日のアリシアは若草色のドレスを着ていた。ドレスは前開きで、フリルとレースがたっぷりの白いペティコートが見えている。上半身にはドレスと同じ色のボディスを着て、ベルベットのリボンできつく縛っていた。それはすべて、彼がコルセットをつけないよう言ったからだ。

(ひと月もの間、一日も欠かさず俺に抱かれながら……まだ、こんなに初々しいのか?)

薔薇《ばら》色に染める頬を見ているだけで、どうしようもなく昂ってくる。

ジークフリートは我慢できなくなり、アリシアの胸元を覆うショールを剥ぎ取っていた。

「あっ……ん……ジークさ、ま」

ボディスは胸のすぐ下からウエストまでを引き締めていた。柔らかでたわわに実った胸を下から持ち上げ、その場所に唇を押し当てる。

張りのある素肌はすべすべしていて、とても甘い香りがした。

指先でドレスの襟を引き下ろし、弾けるように飛び出した胸を夢中になって吸う。

「待って、待っ……ぁうっ! 浴室の、バ……スタブ、に……お、お湯を、張っ……あ、あぁ、んっ……お湯が、温くなっ……て、しまいま、す」

「浴室にイングリットが待ってるのか?」

柔らかな乳房の先端に吸いつきながら、早口で尋ねる。

「い……え、それ、は……ぁ、ダメ、そこ……ダメ、です」

さくらんぼ《キルシエ》よりもっと小さな突起を口に含み、口腔《こうこう》内で存分に味わう。舌先で舐《な》めるたび、アリシアの華奢《きやしや》な肢体がピクンと震えた。

彼女の反応に気をよくして、ジークフリートは左右のさくらんぼを均等に舐る。

「あぁっ、ジ……ク、様ぁ……もう」

「どうした？　もう、胸だけで達《い》きそうか？」

上目遣いに彼女の瞳を見る。

それはまるで、初夏の森を歩き、頭上に生い茂る若葉を見上げた気分だ。鮮やかな緑色の瞳から、しっとりと潤んだまなざしが向けられている。

蜂蜜色の髪が煌めき、ジークフリートは木洩れ日の下にいるような錯覚に陥った。

「綺麗だ、アリシア。おまえが欲しい」

鎧をつけてなくて幸いだ。革製の防具なら片手で外せるが、鉄製の鎧だとそう簡単にはいかない。

彼は腰に巻いた防具を外すと、トラウザーズの前を寛がせた。

「こ、ここは、回廊です、よ？　そんな……あ、ジーク様、わたし……」

ペティコートをたくし上げ、内側に手を入れた。思いがけず滑らかな太ももに指が触れ、彼は気をよくして撫で回してしまう。

そして、指先は少しずつ上を目指し……直後、その指が止まった。

「おまえ、下着――ドロワーズを穿《は》いてないのか？」

「違うのです！　あ、いえ、たしかに穿いて、いないのですが……でも、そういう意味ではなくて、入浴のお手伝いをするときに、邪魔になると思って……。あの、ジーク様と……決してこういうことをしようと思って、穿いていないわけではなくて……」

しどろもどろになりながら、必死で言い訳を始める。

だが、言葉にすればするほど、アリシア自身も期待していたと言われているようで、ジークフリートの頬が緩んでいく。

そんな笑いを堪える顔が、彼女の目には違った印象に映ったらしい。

「怒っておられるのですか？　それとも、軽蔑されたとか。でも、わたしは……」

「求められて、怒る男はいない。それに、俺たちは夫婦だと何度言ったらわかるんだ？」

まだ不安が残るアリシアの瞳を覗《のぞ》き込《こ》んだあと、頬にキスしながら諭すように伝える。

同時に、ドレスとペティコートで隠れた場所を手探りで弄った。

「あ……んっ、そこは……っ」

クチュと小さな水音が聞こえ、指先に温かなヌメリを感じた。指を前後に動かし、割れ目をこするたび、グチュ……ヌチュ……と蕩《とろ》けるような蜜音が大きくなっていく。

アリシアは目を固く瞑り、ジークフリートの指に合わせて腰をわずかに揺らし、彼に身体を預けてくる。

「はっ……あっん、んんっ、ジ……ジーク、さ……まっ、あぁぅ……そこ、は、ダメ……です。中に、指は……やぁっ！」

彼女自身は、腰を動かしていることに気づいてないのかもしれない。

無意識のうちにジークフリートの愛撫を受け入れているのだ。彼の与えた快楽に打ち震える様を見るのは、なんとも言えず男の征服欲を満たしてくれる。

「ここがダメなのか？　だが、おまえの躰はそんなこと言ってないぞ。とろっとした蜜がどんどん溢れてくる。ほら、ここだろう？」

アリシアの真珠のような肌が火照り始める。荒い呼吸とともに胸が上下して、ジークフリートの指先をしっとりと濡らしていく。

蜜窟の奥まで中指を押し込み、ゆるりと掻き混ぜた。

生き物のように膣襞が蠢き、キュッキュッと引き締まる。愉悦に浸るアリシアの反応を感じつつ、今度は親指で淫芽を軽く撫でさすった。

「はぁうっ！　や、やだ……ジーク様、わ……たし……あぁぁっ、あ、あ、あーっ！」

強く、優しく、激しく、強弱をつけて花芯を愛撫すると、アリシアは太ももを戦慄かせ、たちまち絶頂に達する。

押し込んだ指を伝い愛蜜の雫《しずく》が床に滴り落ち――。

それに気づくなりジークフリートの欲情は軽く限界を超えた。

急いで彼女の躰から指を抜き、下腹に張りつく雄身を摑んだ。腰を落として彼女の脚の間に割り込ませる。二度、三度と秘裂をこすり、蜜の滴る場所に捻じ込んでいく。

「あっ……くぅっ……ジーク、さまぁ」

苦痛とも悦びとも取れる呻きが、アリシアの口から零《こぼ》れる。

狭く窮屈な場所を、いきり勃つ肉棒の形に押し広げていくことが、これほどの快感だとは思わなかった。

そのことは、アリシアを初めて抱いた地下牢《ろう》で知ったことだ。

これまで、無垢な娘から純潔を奪ったことは一度もない。娼婦以外で抱いたのは五歳年上のヘンリエッタだけ、その彼女もすでに男を悦ばせる手管を知っていた。

（アリシアが男を知らなかったからか？　だから、あれほどまでに興奮したのか？）

地下牢でのことには、そんな理由をこじつけた。

だが、王城に入ってからもジークフリートの欲望はとどまるところを知らない。アリシアを求める衝動は際限なく湧いてくる。

得られる悦びも、回数を重ねるごとに深く大きくなる一方だ。

「あぁ、何度味わっても、味わい尽くせないほど素晴らしいな。おまえの膣内《なか》は、蜜を湛《たた》えた鞘のようだ。俺の剣にぴったりで、潤いと力を与えてくれる」

彼女の両手首を片手で掴み、頭の上で壁に押し当てていた。

残った手で彼女の太ももをすくい上げる。

「そ、それは……この、格好では……ああーっ！」

片脚を持ち上げたことで、より大きく脚を開かせることになった。

ジークフリートが見下ろすと、濡れて赤黒く艶めく彼の雄が、さらに女の蜜を搦《から》め捕らんと蜜窟に沈み込んでいくのが見える。

「これは、また、淫らな光景だ。ほら、見てみろよ、アリシア。明るい中で、おまえの中に出たり入ったりしてる」

「やだ……おっしゃら、ない……ぁん、やぁん、あっ、あっん」

抽送を始めると、それに合わせて彼女の身体も揺れだした。快楽を纏った声もリズミカルに響き渡る。

ジークフリートは押さえていた彼女の手首を離し、ふたりの繋がった場所に触れた。

「もっと、気持ちよくしてやる」

「こ、これ、以上……なんて……あ⁉」

金色の茂みをかき分け、愛液に濡れた花びらを捲った。興奮して濃いピンク色に充血した花芯をきゅっと抓む。

「そこ、いやぁぁーっ‼」

とたんに、アリシアは頤《おとがい》を反らせた。

蜜道に伝わる反応も顕著だ。膣奥が蠢き、温かなぬめりがドッと溢れ出した。直後、ジークフリートの肉棒が、根元からギューッと引き絞られ……圧迫はしだいに亀頭部分へと進んでいき、数十秒で脳天が痺《しび》れるような快楽に襲われた。

まだ、終わりを迎えたくない。

もっと、もっと、アリシアと繋がっていたい。

その一念で、ジークフリートは必死に堪えようとする。

「……ジーク……さまぁ、あ、あ……ぁぁ」

アリシアが掠れた声で彼の名前を呼び、しがみついてきた。

自分に縋《すが》りつく女をこれほどまでに、いじらしいと思ったことはない。健気で可憐で自分の腕の中に閉じ込め、ずっと抱き合っていたいとすら思う。

「アリシア……アリシア……最高だ」

彼女を抱きしめ、呻《うめ》くように呟《つぶや》く。

すると、彼女は震える声で尋ねてきた。

「本当、ですか？　ジーク様は……本当にわたしを、気に入ってくださったのですか？」

アリシアの問いに、彼は真剣に答えたのだ。

「これまで抱いた、どんな娼婦より俺にピッタリだ。おまえを妻に選んでくれたマクシミリアンに、感謝しないとな」

それは心からの言葉だった。

☆　☆　☆

「アリシア王妃と仲がよろしくてけっこうなことです。ジークフリート様は、後継者が王の実子である必要はない、との仰せでしたが、覇王の息子にシュヴァルツ王国の未来を委ねたい、というのが国民の総意ですので」

ジークフリートは執務室の窓際に立っていた。

建てられて数百年は経つ古い城だが、大広間や応接室、舞踏室など、家具や調度品は立派なもので揃えられている。とくに国王の執務室や私室は、机や書棚、ベッド、サロンセットなどマホガニーやローズウッドが使われた希少な品ばかりだ。

窓の外には中庭が広がり、その向こうに離れが見えた。

アリシアは今、何をしているだろうか。考え始めると、ジークフリートの心は彼女だけになる。

そんなジークフリートの胸の内を覗いたように、

「しかし、王妃の姿を見るなり、訓練を放り出してしまうのはいただけませんね。ただでさえ悪い王妃の評判を、さらに下げることにもなりかねません」

マクシミリアンはぶつぶつと説教を続けていた。

ジークフリートが実戦訓練を早めに切り上げ、アリシアのもとに駆けつけたのが昨日の夕刻のこと。直後に戻ってきたルドルフがあとを引き継ぎ、陽が沈むまで兵士たちを鍛えてくれたと言う。

『またか？　新婚って奴《やつ》はどうしようもねーな』

そう言ってルドルフは笑い飛ばしてくれた。

ところが、今日になって任務から戻ったマクシミリアンが昨日の顛末を聞き、ジークフリートに説教を始めたのである。

マクシミリアンの言うこともわからないではない。

現在、王城に常駐する衛兵や使用人たちの間では、アリシアの評判は上がりつつある。

国王のあらゆる要求に逆らわず、楚々として応じる王妃――という噂《うわさ》だ。ジークフリートにはよくわからないが、彼女に同情する声が出ているという。

しかし、女官のやっかみのせいでその声は市井にまで達していない。

そんな中、まかり間違って『覇王を骨抜きにした悪女』などと言われ始めたら、冗談抜きでアリシアの立場は危険なものになってしまう。

「――わかってる」

「わかっておられるなら、けっこう。それでは、モーリッツ・フォン・デーメルの行方ですが……」

マクシミリアンはデーメルの潜伏先を見つけるため、数週間をかけて王都周辺の貴族館の探索に回っていた。デーメル以外にも、隙あらば新国王を追い落とそうとたくらむ貴族の情報もあったためだ。

だが、ジークフリートはその報告を遮る。

「先に聞きたいことがあるんだが」

「……なんでしょうか？」

「アリシアのことだ」

彼女の名前を出すなり、マクシミリアンは大きなため息をついた。

「ジークフリート様、今は王妃よりデーメルです。あの男が次に狙うのは、間違いなく王妃ですよ」

「だから、アリシアを王城に閉じ込めてるんだろう？」

彼女の人柄を見てもらうためには、王城に閉じ籠もっているより、ジークフリートと一緒に街を回るのが一番だ。

望まれて嫁いできたはずが、地下牢で結婚式から初夜まで強要され、命を狙われるような恐ろしい目に遭った。その挙げ句、王都の民からは拒絶され、女官たちにまで酷いことを言われているのだ。最初にそんな思いをしたせいで、アリシアは怯《おび》えていた。

だが、本来の彼女は臆病者ではない。

王妃として、国民の前に立つ心構えはできている女性だ。

「モーリッツは必ず捕まえる。警戒し過ぎるなと言ったのはおまえだ。いや、聞きたいのはそのことじゃなくて……おまえ、マリアーノの王城に一週間も滞在したんだよな？」

「はい、そうですが」

「護衛長のグレンデスという男と何か話したか？」

ジークフリートは藁《わら》にも縋る思いで、マクシミリアンに尋ねた。

昨日、回廊でアリシアを抱いた。慌ただしい睦事ではあったが、ふたりとも充分な悦びを得られたと思っている。

問題は昨夜だった。

回廊での行為が性急だったため、ベッドの上では時間をかけて彼女の躰を潤わせた。何度目かの絶頂に達した彼女は、そのまま眠ってしまい……。

深夜、ジークフリートは目を覚ました。

どうやら、彼も眠ってしまったらしい。だがそのとき、傍らで眠っているはずのアリシアの肩が震えていることに気づく。

アリシアは身体を震わせ泣いていた。

ジークフリートに聞かれないよう、声を押し殺して。

「アリシアは王女の義務を全うするために、この国に嫁いできた。でも本当は、グレンデスの妻になりたかったらしい」

「……は？」

「王族が愛だの恋だの言うべきじゃないってことはわかってる。今さらどうしようもないってことも。でも、アリシアの涙を見るのはつらい」

「……はあ」

「なんとかしてやりたいが、俺との結婚を無効にはできない。離婚も……嫌だ。俺が愛してやれたらいいんだが、でも、アリシアが他の男を愛しているなら、それも意味がないだろう？」

マクシミリアンは面倒くさそうな顔をして、とうとう相槌すら打たなくなった。

聞くだけ無駄とでも言わんばかりに、手元の資料に目を落としている。

「真面目に聞け！　おまえは俺より五年も長く生きていて、十倍は利口なんだろう？　どうしたらいいか、教えてくれ！」

ジークフリートは苛立たしさのやり場がわからず、髪を掻き毟る。

「そうですね。あなたより二十倍は利口なつもりでしたが……質問していいでしょうか？」

顔を上げたマクシミリアンは、渋々といった様子で口を開いた。

「なんだ？」

「〝愛してやれたら〟と言うことは、ジークフリート様は王妃を〝愛していない〟と？」

その質問はジークフリートの胸に、矢のように刺さる。

「俺は……親にすら愛されなかった人間だ。女の愛し方なんて、わかるはずもない」

ふてくされたように答えることしかできない。

すると、マクシミリアンは「うーん」と唸りつつ、予想もしなかったことを言い始めた。

「では、比べてみてください。アリシア王妃とルドルフやペーター、イングリット、ああ、わたくしでもかまいません。敵に襲われ、ただひとり助けられるとしたら、あなたは誰の手を取りますか？」

その質問にジークフリートは弾《はじ》かれたように答える。

「アリシアに決まってる！　夫が妻を助けないでどうする？　王としては間違ってるのかもしれない。だが、俺はアリシアと約束した。自分の身を盾にしても、あいつだけは守る！」

いつも冷静なマクシミリアンが面食らったように目を見開いた。そして彼らしくない表情をしたあと、ふいに笑い始めたのだ。

「おい、何が可笑《おか》しい？　おまえの質問に真面目に答えたんだぞ」

「――失礼いたしました。とりあえず、王妃とは今一度、忌憚なく話し合ってみたほうがよろしいでしょう」

忌憚なく話し合えば、アリシアからマリアーノ王国に帰りたい、と言われる可能性が大きい。

その上、グレンデスの妻になれない身体になってしまった、と嘆かれたら……。

（俺はどうすればいいんだ!?）

混乱するジークフリートに向かって、彼は澄ました顔で付け足したのだ。

「ああ、ずいぶん昔にルドルフがあなたに教えた――女の悦ばせ方、というのは、無垢な女性には多用しないほうがいいでしょう。力技はほどほどにして、そうですね、話し合いの際には花を贈ることを考えてみてください」

ジークフリートは息を呑み、すぐに頬《ほお》を赤らめた。

十代のころ、ほとんど経験のない彼にルドルフは女の扱い方を教えてくれた。それは主に〝ベッドの上で娼婦を悦ばせる方法〟。

女を抱く上でずいぶん役に立ってきたが、あらためて言われたら、力技と呼ばれても否定できない。

それが、『無垢な女性には多用しないほうがいい』とは。

(今になって、何を言うんだ?)

「マクシミリアン……そういうことは、結婚した直後に教えておいてくれ」

繊細な彫刻の施されたローズウッドの窓枠にもたれかかるようにして、ジークフリートは面白くなさそうにぼやいた。

「いい年齢ですからね。とっくに力技は卒業なさっていると思っておりました」

何か言い返そうと口を開きかけたそのとき――執務室の扉が激しくノックされた。

「ジークフリート様、大変でございます！」

その声はイングリットだ。

彼女はマクシミリアンの名前で借り上げた城下の屋敷に住んでいる。最初のころは城にいる時間も長かったが、最近は午前中だけ城に詰めていた。

今日もそろそろ引き揚げる時間だ。

しかし、イングリットが騒ぐとなると……。

ジークフリートは嫌な予感がして、扉に駆け寄りながら叫ぶ。

「アリシアに何があった⁉」

ほぼ同時に扉が開き、飛び込んできたイングリットは青褪《あおざ》めていた。

「王妃様が……アリシア様がお倒れになりました！」

これまでの人生において、ジークフリートに失うものなどなかった。自分の命ですら、惜しいと思ったことはない。

そんな彼が大切なものを失う恐怖を感じ、生まれて初めて膝が震えた——。

☆　☆　☆

「アリシア様、マクシミリアン様がお見えになられました」

アリシアが倒れた三日後、回廊を通ってマクシミリアンが離れまでやって来た。

思えば、ジークフリート以外の男性がこの離れを訪れたのは、医者に次いでふたり目だ。彼女は身支度を大きな鏡で確認し、客間へと急ぐ。

客間の扉を開くと、中央に置かれたサロンセットの長椅子に彼は腰かけていた。

相変わらず透き通るような白銀の髪をしている。それは、近寄れば斬られそうな刃物の色に似ていて、アリシアの足取りを重くさせた。

（エッフェンベルク卿に、いつまでも苦手意識を持つのはよくないことね）

気持ちを切り替えるため、客ではなく長椅子のほうに視線を向ける。

すると、ついつい中庭の四阿《ガゼボ》に置かれた大きなものを思い出してしまった。

あれに比べたら、客間に置かれた長椅子は小さく見える。だが、座面には肌触りのよいサテンが張られ、座り心地はもとより横になっても背中が痛くならない造りだ。

しだいに意識は長椅子での寝心地に向いてしまい、今度はなんとも言えない恥ずかしい気持ちになってしまう。

そのとき、マクシミリアンが立ち上がった。

「お待たせしました。どうぞ、お座りください、エッフェンベルク卿」

今のアリシアは王妃なのだ。おどおどしてうつむくのは、その立場にふさわしくない。

彼女は胸を張り、マクシミリアンより先に王妃専用のソファに腰を下ろした。

「アリシア王妃のお元気そうなお姿を拝見でき、大変嬉しく思っております」

恭しく口にすると、彼はゆっくり会釈してから座り直した。

今の彼の態度は、マリアーノ王国を出発し、デーメルの待つ森の館に連れて行かれたときと比べて雲泥の差だ。

友好的とまでは言いがたいが、少なくとも敵視はされていないように思う。

(でも油断はできないわ。王妃にふさわしくないと判断したら、この人ならどんな手段を使っても、わたしをシュヴァルツ王国から追い出そうとするはずだもの)

頬を引き攣らせながら懸命に微笑《ほほえ》み、彼女はマクシミリアンと向き合った。

「ええ、もうすっかり元気です。いろいろと迷惑をかけてしまいましたね。ジーク様にもご心配をおかけしてしまって、直接、お詫《わ》びを申し上げたいのですが……」

アリシアが言いよどむと、それを素早く察して彼は口を開く。

「ここ数日、デーメルの探索にお時間を取らせてしまい、申し訳なく思っております。朝、出かける前には必ず顔を出しているとのこと。お戻りが遅いので、夜は遠慮しておられるのでしょう。落ちつけば、またゆっくりした時間をこちらで過ごされると思いますよ」

なんでもないことのように、マクシミリアンはスラスラと言葉にした。

彼女が倒れたと聞き、ジークフリートはすぐに駆けつけて来てくれた。医者の診察を受ける間も、ずっと傍にいてくれたのだ。

だが、医者から彼女の倒れた理由を聞かされて以降、見舞いに顔を見せるだけで、夜の訪れはパッタリと途切れてしまう。その見舞いもほんのわずかな時間、しかもイングリットがいるときだけだった。

「エッフェンベルク卿は、ジーク様から何か聞いていますか？　わたしが、倒れた理由、とか……」

アリシアの声はしだいに小さくなる。

そんな彼女の態度を訝しむ様子もなく、マクシミリアンの返事はごく普通の内容だった。

「過労と聞いております。このひと月あまりで、生活環境がガラリと変わられましたからね。山岳地帯で暮らしておられた方が、平地にある王都フリーゲンの空気に馴染むには、まだしばらくの時間が必要でしょう」

たしかに生活環境はまるっきり違う。

マリアーノ王国に比べると頬を撫でる風は生温く、太陽から受ける陽射しも熱く感じられた。吸い込む空気の匂いや出される料理、水の味までまるで違うものだ。

その上、女官たちから受ける悪意の籠もった言葉と視線。

デーメルをはじめとした貴族たちに襲われる恐怖。

王都の民に王妃としての思いを伝えたくても、王城の外に出ることすらできない日々を過ごしている。

だが、彼女の心に最も負担をかけていることは、

『王女の義務で嫁いできたおまえなら、愛だ恋だと面倒なことは言い出さないだろう?』

まさしく『愛』を告げようとしたアリシアの心を打ち砕いた、ジークフリートの言葉。

彼がアリシアに求めているのは王妃としての義務だけ。それ以上の思いを期待して困らせるな、と釘《くぎ》を刺された。

それでも、軍の訓練を途中で切り上げてまで自分のもとに駆けつけ、情熱的に求めてくれる。その姿を見て、期待するなと言うのも酷な話ではないだろうか。

今のアリシアは国民の前に立ち、王妃の務めを果たすことができない。せめて、妻としてジークフリートの求めに応じていたら、いつかアリシアの愛を認めてくれるかもしれない。愛することを許されたら、今度は愛してもらえるよう尽くすだけだ。

優しく抱きしめられ、最高だと言われて前進したつもりになっていた。

だが、彼がアリシアに感じてくれていたのは『どんな娼婦より俺にピッタリだ』と言うだけのことだった。

羞恥心に目隠しをして、我を忘れて抱かれていた。妻だからこそと信じ、身を委ねたアリシアは、ジークフリートにとって娼婦と同列の存在だった。

真実を知れば知るほど、切なさに胸は苦しくなっていき……。

医者は彼女の症状を過労と言い、その原因の最たるものは睡眠不足だと診立てた。生活環境の違いで眠れないのだろう、と。

だが、イングリットをはじめ多くの使用人、離れの近くを警護する衛兵たちは真相に気づいている。

このマクシミリアンも、わかっていて『過労』のひと言で済ませてくれているのだろう。

イングリットはそれだけでは済まさず、

『ジークフリート様も何を考えておいでなのでしょう？　ご結婚なさったばかりとはいえ、毎夜、アリシア様の寝室を訪れて、しかも朝まで……。アリシア様もいけませんよ。国王とはいえ夫の言いなりになられていては、殿方が図に乗っても仕方ありません』

アリシアに妻の心得を諭した上で、医者を通じてジークフリートに夜の訪れを控えるよう伝えてくれた。

その結果、彼は朝の数分しか離れに来なくなったのだ。

「王に何かお伝えしたいことがあれば、伺っておきますが」

ふいに言われ、アリシアの手足が震える。最初の夜、マクシミリアンにこの国から追われそうになったことを思い出したからだ。

「それには及びません！　あ、いえ、お伝えしたいことは、自分で伝えます」

慌てて答える彼女を見て、マクシミリアンはフッと笑った。

「そうですか。ところで、ジークフリート様は剣の扱い並みに、女性の扱いに長《た》けた方ではございません。その点はおわかりでしょうか？」

琥珀《こはく》色の透明なまなざしが、アリシアの浅はかな恋心を見抜くように睨んでいる。

「あの方はこのシュヴァルツを平和な国にするため、不本意ながら王位に就かれました。わたくしはジークフリート様を愚かな王にはしたくない。そのためにも、王妃であるあなたには賢くなっていただかなくては困ります」

壁際に立つイングリットの息を呑む気配が感じられた。

アリシアはあえてイングリットの気配には気づかないふりをして、マクシミリアンを睨んだまま聞き返した。

「それは……わたしが、愚かな王妃だから、ジーク様まで愚かにする、と。あなたはそう言いたいのですか?」

「まさか、あなたは愚かではありません。ただ、女性として少々〝拙《つたな》い〟いや〝幼い〟のはたしかでしょう。あなたを選んだのはこのわたくしです。あらゆる意味で誤っていたと反省しております」

女性として拙い――はっきりと指摘され、何も反論できなかった。少々とつけてくれたのは、彼にとっての情けだろうか。

「お待ちください、マクシミリアン様! 王妃様はたった十八歳、あなたの半分程度の年齢でございますよ」

マクシミリアン相手に頑張ってはいたが、とうとう言い返せなくなったアリシアに代わり、イングリットが声を上げた。

「いいのよ、イングリット」

「いいえ、よくありません！　私から言わせれば、女性の扱いに長けていないのはジークフリート様だけではございませんね。あなたも同じ穴の狢《むじな》ですよ、マクシミリアン様」

ジークフリートもそうだが、このマクシミリアンもイングリットには弱いらしい。

言い返され、気まずそうに視線を彷徨わせている。

「まあ、その点は否定しませんが……。ですから〝反省しております〟」

「反省が足りません。王妃様にどう言えばよかったのか、もう一度じっくりと考えてから、出直しておいでなさい！」

その強気な態度を見る限り、アリシアに口を挟む余地はなさそうだ。

すると、マクシミリアンのほうがスッと立ち上がった。

「わかりました。たしかに、王妃の顔色を悪くしてしまった。その点はお詫びいたします」

彼は一礼すると、イングリットから逃げるように客間からいなくなっていた。


『女性として少々〝拙い〟いや〝幼い〟のはたしかでしょう』

マクシミリアンの言葉が頭の中をグルグル回っている。

（イングリットが言っていたわ。まだ十八歳、結婚してひと月ちょっとしか経《た》っていないのだから、これから勉強していけばいいではないの）

アリシアは落ち込みそうになる自分を懸命に励ました。

だが、少しするとすぐに不安が胸をよぎる。もし、その機会を与えてもらえなくなったら、自分はどうすればいいのだろう？

結婚してしまったから、女性として拙いことには目を瞑り、妻として抱き続けた。それを医者から止められてしまったのだ。このまま王妃の義務も果たせなかったら、アリシアを妻にしている意味がなくなってしまう。

そうなれば、ジークフリートは彼女を助けたことを後悔するかもしれない。

（わたしはどうすればいいのか、イングリットなら教えてくれるのではないかしら？　ジーク様のことも赤ん坊のときから知っているのだし……）

イングリットに尋ねてみよう。そう決めたとき、客間の扉が開いた。

視線を向けると、入ってきたのはアリシアと同じ年頃の女官だった。もっと若い女中を伴っている。

女官はびっくりした顔をしたあと、不満そうな顔に変わり、形だけとはいえ頭を下げた。

「申し訳ありません。イングリットさんをお見かけしたので、王妃様はお部屋に戻られたとばかり思ってました。――出直してきます」

女中を小突くようにして出て行こうとしたが、そこをアリシアが引き止める。

「ティーセットを下げにきたのでしょう？　かまいませんよ。イングリットはエッフェンベルク卿を見送りに行ってもらいました。でも、すぐに戻るでしょう」

と言っても、アリシアが行かせたわけではない。逃げ出すマクシミリアンを追いかけるようにイングリットが自分から見送りに行ったわけだが……。そこまで話す必要はないだろう。

彼女たちは少し躊躇《ためら》うような仕草を見せたが、すぐに自分の仕事をし始める。

その女官を見る限り、勤めてきた経験は少なそうだ。どちらかと言えば、彼女自身が大切にされて育ったように見える。

実際、商家に奉公していた者が多いようだが、中には働いたことのない裕福な家の娘もいた。若い娘が王城で勤めることは、箔をつけていい嫁入り先を見つけるためらしい。これまでは下級貴族の娘にしか許されておらず、金を積んでもできないことだった。

アリシアがそんなことを考えていると、目の前にその女官が立っていた。

「王妃様にお聞きしたいことがあります」

かなり好戦的な口調に驚きつつ、アリシアは落ちついた声で聞き返す。

「なんでしょう？　ああ、あなたの名前を聞いていませんでしたね」

「そんなこと……もう、必要ないと思いますけど。私の実家があるのは王城のすぐ近くの町なんですが、実はある噂で持ち切りなんです。国王陛下には妻にしたい身重の女性がいて、私の町で匿《かくま》ってるって」

あまりに唐突な話で、アリシアは呆気《あっけ》に取られてしまう。

「異国の王女を娶《めと》ったのは、陛下の妻の命が狙われているから。そんなことを聞きました。王妃様はそれを承知でここにいらっしゃるんですか？　早くご自分の国に戻られないと、身代わりに殺されちゃいますよ」

女官はそう言い終えるとクスッと笑った。

アリシアの胸は一瞬ざわめいたが、すぐに落ちつきを取り戻して、女官に向かってきっぱりと宣言した。

「あなたの言うとおり、陛下には大切な女性がいらっしゃるのかもしれません。その方を妻にするため、わたしと離婚される日がきたとしても……誰かを守るために、罪のない命を犠牲にするような方ではありませんよ」

愛する女性を守るため、誰かの命を犠牲にしなければならないとしたら……ジークフリートなら、迷わず自分の命を差し出すだろう。

国王として、真っ先に死ななければならないときもある。

だが、ほとんどの場合において、他の誰かを犠牲にしても生き延びなければならない。国王の死は全軍の敗北を意味する。生きることも国王の義務なのだ。

だがそれでも、ジークフリートなら自らの命を投げ出すだろう。

たとえそれが愛する女性でなかったとしても――。

自分を信じるたったひとりのために、命を懸けることのできる男だからこそ、この国の人々は彼に王位を与えた。

「わたしはそんな陛下のためなら、どんなことでもいたします。あの方の妻に……王妃にふさわしい女性になりたいと、そう思っています」

アリシアが答えるなり、女官は泣くように叫んだ。

「嘘《うそ》よ！　奪えるだけ奪って、いざとなったら、私たちを踏み台にして逃げ帰るに決まってる！　そのために異国から嫁いできたんじゃないの⁉」

言うだけ言って、彼女は客間から飛び出していく。

残った女中が困ったような顔でアリシアを見ていた。

女中や下男はあくまで裏方。本来は主人の前に出てはいけない決まりがある。それを女官にここまで連れて来られ、置き去りにされたのだから困って当然だ。

「そのままティーセットを下げてくださる？　特別に、返事をしてもかまいませんよ」
十五、六歳といったところか、女中は頬を真っ赤にしながらアリシアに頭を下げた。
「あ、あの……あたし、聞いたことがあります」

「何を聞いたの？」

「えっと、ザーラさんの家は裕福で馬車を何台も持ってて、でも、前の王妃様が逃げるときに、ほとんど取り上げられたって」

女中の言葉にアリシアは声を失った。

ザーラというのが先ほどの女官の名前らしい。前王妃と王女たちはこの国から逃げるため、紋章の入っていない馬車を何台も用意させた。その際に、逆らうザーラの父親を殺して、馬車を取り上げたと言う。

その後も貴族が私兵を連れて略奪を繰り返した。ジークフリートの軍が追い払わなければ、ザーラは連れて行かれて、私兵相手の娼婦にされるところだった。

彼女たちが『王妃』と聞いただけで恐れおののき、追い払おうとするのも無理はない。

「教えてくれてありがとう。でも、誰か来たら叱られるかもしれないわ。もう行きなさい」

アリシアがそう話しかけると、女中はぴょこんと勢いよく頭を下げ、立ち去ろうとした。そして扉のところで振り返り——。

「あたしは、国王陛下が愛してるのは王妃様だと思います。王妃様を見る目が、とっても優しいから」

顔をくしゃくしゃにして笑うと、ティーセットを抱えて廊下を走って行った。

アリシアは意表をつかれて、思わず涙が浮かんでしまい……それでいて、微笑んでいた。

☆　☆　☆

以前、ジークフリートの私室に一度だけ招かれたことがある。そのとき、中庭に下りられる大きな窓の鍵が、壊れたまま埃が積もっていることに気づいた。

中庭に不審者が入り込むことはあり得ないため、安心しているのか。

あるいは、鍵が壊れていることに気づいていないのか。

ジークフリートに伝えておかなくては、と思いつつ、うっかり忘れていた。

だが時間が経つと、本当に壊れていたのかどうか自信がなくなってしまい……。結局、伝えられないまま今日に至ってしまう。

だが今夜、その記憶が正しかったことが証明された。

アリシアが中庭を横切ってジークフリートの私室にたどり着き、窓に手をかけたとき、その窓は簡単に開いたのである。

少し迷い、アリシアは真っ暗な部屋に足を踏み入れた。

（日付も変わっているから、もうお戻りだと思ったのに……どうしましょう。いつになったらお帰りになるのかしら？）

誰もいない部屋にそうっと入り込んだものの、やはり悪いことをしているようで、どうも落ちつかない。

一旦戻って出直そう――アリシアがそう思って振り返ったとき、目の前に大きな影が立ちはだかった。

驚いて逃げようとした瞬間、手首をがっちりと掴まれ、床の上にうつ伏せに倒される。

「モーリッツの手の者か⁉　どうやって入り込んだ？　まさか、アリシアに何かしたんじゃないだろうなっ⁉」

「ジーク……さ、ま？」

アリシアは掠れた声で彼の名前を呼ぶ。

直後、空に浮かぶ雲が風に流れ、隠れていた丸い月が姿を現した。月の明かりが大きな窓から射し込み、真っ暗な部屋が柔らかな真珠色の光に満たされていく。

「ア、アリシア⁉　どうしてここに？」

答えようと口を開いた瞬間、掴まれたままの手首に痛みが走る。

「あっ……くぅっ」

思考が停止したように固まっていたジークフリートだったが、アリシアの呻《うめ》き声《ごえ》にハッとして手を離した。

慌てて彼女を抱き起こし、心配そうに手首をさすり始める。

「すまない！　侵入者だと思って、つい乱暴にしてしまった。酷《ひど》く痛むか？」

「いえ、ジーク様のせいではありません。勝手に入り込んだ、わたしが悪いのです」

「そんなことはない。触れたときに、いや、後ろ姿の影だけで気づくべきだった。医者を呼んだほうがいいな。おまえの身体に傷でも残ったら……」

ジークフリートの声を遮るように、アリシアは彼に抱きついていた。

そのとき初めて気がつく。彼は上半身に何も着ておらず、アリシアは逞《たくま》しい裸身に腕を巻きつけ、頬を押し当てていることに。

しかも軽く水を浴びてきたのか、彼の素肌はひんやりとして心地よい程度に湿っている。下はトラウザーズを穿いていたが、それも腰の辺りが濡れていた。

「ど、どうした？」

押し倒す勢いで飛びつかれ、ジークフリートは呆気に取られた様子で、アリシアを抱きかかえたまま床に座り込んだ。

「ジーク様……冷たいです」

「ああ、井戸の水を浴びてきたから……いや、そうじゃなくて。どうしたんだ？　身体を起こすのもつらいか？　手首以外にも、どこか痛めたのか？」

そんなことを言いながら、アリシアの身体を自分から引き剥がそうとする。

「そうではありません。あの……お医者様から、聞いたのでしょう？　わたしが倒れてしまった理由を。どこも悪くないのです。ほんの少し、睡眠が足りなかっただけで……」

朝の短い時間では、そういったことは話しづらい。イングリットもいて、彼女以外にも女官が傍にいるためだ。

夜毎、ジークフリートに求められて嬉しかった。

彼に不釣合いなことや、自分自身の拙さは充分に承知している。だからこそ、求められたときは可能な限り応じたかった。

夜は同じ時間を過ごしながら、ジークフリートは日中も起き続けて公務や訓練に励んでいる。それなのに、自分だけが昼間に眠るわけにはいかない。

それが妻の義務だと思い込み、無理をし続けて倒れてしまったのだ。

アリシアのあまりの愚かさに、ジークフリートは呆《あき》れたのかもしれない。だが、あれほどまで熱烈に求めてくれた彼女への欲求まで、すべて醒めてしまったとは思いたくなかった。

このままでは、彼の訪れを待ち続け、やがて、追い出されるのを待ち続けるだけの日々を過ごさなくてはならない。

そんなのは嫌だった。

「医者に注意されたよ。無理をさせていることに気づかず、思いやることもできなかった。ただでさえ、おまえは繊細な王女様なのに。いつの間にか、自分と同じように考えていた。無神経だった、反省してる」

「だから、もう抱きたくなくなったのですか？　そんな……そんなの、あんまりです。ジーク様がそんなに冷たい方だったなんて」

アリシアは彼に抱きついたまま叫んだ。

「今度はちゃんと仮眠を取ります。足りない点は努力して、勉強します。これだけで、王妃失格だなんて、思わないでください。わたしは……繊細な王女様ではありません！　まだまだ頑張れます!!」

若い女官ザーラが言っていた女性の存在はわからない。

ザーラの言葉を信じてはいないし、信じたくはないが……たとえそうなっても、アリシアは自分にできることをやるだけだ。

アリシアはショールを外し、剥《む》き出《だ》しの肩を露《あら》わにした。

女性らしい官能的なドレスを着て、ジークフリートの私室を訪れたかったが、あいにくとそんなドレスは持たせてもらえなかった。

代わりに着てきたのは、肌が透けて見えるほど薄いモスリン地の夜着。コルセットをつけないハイウエストのドレスで、丈はくるぶしが少し見える程度だ。腰やウエストはあまり強調されないが、大きく開いた襟ぐりがアリシアの胸の谷間を魅惑的に見せている。

「ア……リシア？」

「あんなに、可愛いと褒めてくださったのに……もう、わたしの身体に興味はなくなったのでしょうか？」

こんな真似《まね》をしても無駄だと突き放されるかもしれない。

萎えそうになる心を励まし、アリシアは自分ができそうなことを必死で考え——そのときだった。

ジークフリートに唇を奪われ、驚いて目を見開いてしまう。

「しばらく自制するように。医者はそう言ったが、おまえの顔を見ていると欲しくて止まらなくなる。だが、医者の言う〝しばらく〟は一日二日でいいのか？　それとも一週間か？　一ヶ月なんて言われたら、どう考えても無理だ」

「ジーク様が、わたしに飽きたわけではなかったのですね……よかった」

アリシアはホッとしてジークフリートから身体を離そうとするが、

「きゃっ！」

逆に抱きしめられ、身動きが取れなくなる。

「〝よかった〟で済むと思ってるのか？　全然よくない。水を浴びてきたのが無駄になった。おまえの身体で責任を取ってもらうぞ」

顔を覗き込まれて、ふたたび口づけを受ける。

今度は情熱をぶつけるような激しいキスで、アリシアは目を閉じて懸命に応えた。唇の感覚がふわふわし始めるまで強く吸われ、全身が熱くなる。

「手首は、痛くないか？　本当に、もう、どこも悪くないんだな？」

「……はい……」

キスの合間に喘ぐように尋ねられ、アリシアも吐息で答えた。

するとふいに彼女の身体は裏返され、赤いベルベットの張られた足置き台《オットマン》の上に手をつかされる。

「あ、あの……ジーク様？」

「まだまだ頑張ってくれるんだろう？　夜這いにきてくれただけでも興奮ものだが、どうせなら、もう少し頑張ってもらおうか」

「夜這いなんて、そんな……」

いやらしい響きの言葉に、アリシアの鼓動は速くなる一方だ。

夜這いにきたつもりはなかった。だが、女らしい身体を見せつけて、もう一度アリシアの魅力を認めてもらおうと思っていたのだから、夜這いと言われたらそうかもしれない。

「三日、いや四日ぶりだな。アリシア、自分でドレスの裾を腰の辺りまでたくし上げてくれ」

「それは……!?」

「白いモスリンを捲《めく》って、俺を咥《くわ》え込む場所を見せてほしい。そう心配しなくていい、たかが月明かりだ。昼間のようにははっきりは見えないさ」

アリシアはとっさにドレスを摑んだが、それを捲ることに躊躇した。

「どうした？　前言を撤回して、繊細な王女様と呼ばれたくなったのか？」

「違い……ます。わ、わかり、ました」

片手で足置き台を支え、ジークフリートに向かってお尻を突き出す格好を取る。

そろそろと捲っていく綿モスリンの下から現れたのは、淡いピンク色に艶めく柔らかな曲線だった。

「こ……この間、回廊で……よ、喜んで、おられたから……穿《は》いていないほうが、お気に召していただけるのではないか、と」

回廊で言った釈明は嘘ではない。本当に、入浴の手伝いで濡らしたくないから、だった。

たくさんの下着を新調して持ってきたが、レースやフリルのついた可愛らしい品はそう多くない。ジークフリートに、実用的なドロワーズは見せたくなかった。

だが今夜は、間違いなくジークフリートの気を惹くためだ。

最初は、はしたないと怒られることを心配した。だが、妻と娼婦を比べるくらいなのだから、彼は大胆に求めてくる女性が好みなのに違いない。

そう思って、綿モスリンの夜着一枚という格好でやって来たのだった。

だが、彼は何も言わない。

(わたし、失敗したのかしら?)

月明かりの下とはいえ、見られっ放しになるのはどうしようもなく恥ずかしい。何も言われないなら、このまま臀部《でんぶ》を隠してしまっても——。

「申し訳、ありません、わたし……きゃ、やぁっん!」

そのとき、アリシアの臀部がいきなり大きくて温かな手に包まれる。

びっくりして身体を起こそうとしたが、ジークフリートの命令が聞こえてきた。

「動くな！　ああ、もの凄く〝お気に召し〟た。だから、おまえにも楽しんでもらおう」

柔らかな媚肉を左右に押し広げ、彼はその間に顔を埋めた。舌を尖らせて突き出し、割れ目を執拗《しつよう》に舐《ねぶ》り始める。

「あ、あぁ、いえ、わたしは……あ、ジーク……ジ、ク様ぁ……はぁう、ゃあぁぁぁ」

何度も、何度も舌がアリシアの秘められた部分を往復する。

その舌先はやがて花芯を捕らえ、ジュルジュルと音を立てながら蜜液を啜った。硬く尖り、蜜に塗れた淫芽はジークフリートの舌に転がされ、淫らに震えている。

「あぁぁぁ、も……もう、ダメ、ダメェ……あああーっ！」

アリシアは我を忘れて声を上げ、足置き台に抱きついた。

「今夜はひと際いい声だな。でも、ここは離れじゃない。おまえが達《い》くときの声は、俺以外の男に聞かせたくない」

下肢に広がる震えが止まらない。

太ももをプルプルと戦慄《わなな》かせながら、アリシアは必死に返事をした。

「は……い。ごめん、なさい」

ジークフリートが背後からのしかかってくる。

彼女の頬にキスしながら、両手で胸を揉《も》みしだいた。最初はモスリンの上から、しだいに襟を押し下げ、じかに触れてくる。

とうとう我慢できなくなり、アリシアは手で口元を覆う。

彼はそれを見計らったように、欲情に滾《たぎ》る肉棒を秘所に押し当てた。

「……んんっ！」

「声は出すなよ。でも、今夜はいつも以上におまえを感じさせてやる。二度と、俺のことが冷たいなんて言えなくなるように、な」

それはほんの少し意地悪で、アリシアをからかうような声。

そのとき、蜜の溢れ出るとば口を塞ぐようにして、ツプンと灼熱の塊が滑り込んだ。アリシアはいつもどおり、最奥まで挿入されることを想像しながら待つ。――が、一向に押し入ってこない。

彼は肉棒の先っぽだけを差し込み、蜜壺の入り口を掻き混ぜ始めた。

「奥を突かれるより、この辺が感じるだろう？」

「あ……でも、ジークさ……ま、は？」

ジークフリートは先ほどから余裕の表情を崩していない。彼のことを満足させなくてはならないのに、これではアリシアばかりが快楽を味わっているようだ。

戸惑う彼女の髪をジークフリートは優しく撫でてくれた。

「俺の一番の喜びは、最高に気持ちよさそうなおまえの顔を見ることだ。何があっても、たとえイサンドロ国王からおまえを返してくれと言われても、手放す気はない」

わずかに挿入した状態で、彼はアリシアの身体を抱きすくめる。

そして彼女の髪に頬ずりしながら……。

「三日後、王城の横にあるザンクト・マリア大聖堂で結婚式を挙げる」

「え？　そ、それは、いったい……あっん、ゃあっ」

驚きのあまり尋ねようとしたとたん、ジークフリートの指が花芯を抓《つま》んだ。親指と人差し指の間でこすりながら、腰をゆらゆらと動かす。

下腹部を中心にして、アリシアの身体を波紋のように快感が広がっていく。

大きな声で喘《あえ》いでしまいそうで、彼女はクッと唇を噛みしめた。

「おまえの、ちゃんとしたウエディングドレス姿を見たい。手作りのヴェールも衣装箱にしまったままだろう？　嫌か？」

アリシアは顔を上げ、肩越しに振り返った。

「うれ……しい、です。わたし、わたしも、ジーク様と……は、離れたく、な……ぁんっ！」

直後、ジークフリートは腰を突き上げた。

灼熱の杭《くい》が蜜道に穿《うが》たれ、激しい勢いで身体が揺さぶられる。深い部分まで押し込んでは、反転して蜜襞をこすりながら出ていく。

抽送は荒々しくなる一方で、とてもではないが、声を押さえることはできそうにない。

「あ、あぁ、あぁぁ……ジーク様、わたし……わたし、おかしくなりそう……やぁっ！　あ、あ、あーっ‼」

悲鳴にも似た声を上げながら、快楽の階段を最上段まで駆け上がる。意識が揺らいだ瞬間、背後からきつく抱きしめられ――。

ジークフリートの放つ悦びに、アリシアは子宮まで満たされていくのを感じていた。

第六章　天啓

ザンクト・マリア大聖堂。

シュヴァルツ王国の建国と同時に建築が開始された国内最大の大聖堂だ。だが、残念なことに国王の代替わりによっていまだ完成していない。

それどころか、この百年の間に王都が攻撃を受け、大聖堂も少なからず被害を受けた。だが、壊された箇所は放置されたままになっている。

アリシアが大聖堂の中に足を踏み入れたとき、寒々としたものを感じた。高い天井と支柱に架した尖頭アーチのせいかもしれない。しかし、代々の王が儀式を行う場所であるにもかかわらず、厳粛な雰囲気より物悲しさを覚えるのだ。

「前の国王は教会を蔑《ないがし》ろにしておりましたからね。貴族たちも右に倣えで……本当に嘆かわしいことです」

アリシアのあとから大聖堂に入ったきたイングリットが教えてくれた。

正しく神の教えを説こうとする者は処刑され、自分たちに都合のいいご神託を口にする者ばかり、司教に任命していた。

彼らは聖職者とは名ばかりで、酒を飲み、淫蕩に耽り、好き放題にしていたという。

結果、王都の人々は教会から離れざるを得なかった。

「でも、ジーク様は壊れたところを修復し、いずれは完成させたいと言っておられました」

ここであらためて結婚式を行うと聞かされた夜、ジークフリートが話してくれたことを思い出しながらアリシアは答える。

するとイングリットは満面の笑みを浮かべた。

「ええ、そうでございますよ。ジークフリート様は信心深い方です。だからこそ、教会も新国王擁立の後押しをしてくださったのです」

嬉しそうな彼女の様子に、アリシアも笑みが零れてしまう。

「イングリットはそんなにジーク様のことを慕っているのに、どうして女官長の役目を引き受けてはくれないのです？」

大聖堂の身廊を避け、脇を通って奥の小部屋に向かいながら話しかける。

これまでは何も聞かずにいたが、今日ばかりは気持ちが緩んでしまっているようだ。

「あ……ごめんなさい。言いたくないなら言わなくていいのよ」

アリシアは慌てて言い足した。

今日の彼女は最初にこの国を訪れたときとは違う。きちんとコルセットをつけ、ペティコートとパニエでウエディングドレスのスカートを膨らませていた。髪はゆったりと編んで背中に垂らし、銀梅花《ミルテ》とオレンジの花で作られた白い花冠を頭に載せている。

式直前にかぶるヴェールはイングリットの手にあった。両手で恭しそうに抱えながら、しばらくの間ヴェールをみつめ、やがて口を開いたのだった。

「十年前になります。ジークフリート様の実母と言われる方が、我らの陣地を訪れました。そして、隙をついて井戸に毒を入れ、我らを皆殺しにしようとしたのです――」

ライフアイゼン伯爵が亡くなって二年が経っていた。

ジークフリート率いる私兵団はエイブル川東部を制圧し、無法地帯となっている近接地域の領民を守るため、新たな戦いを始めたばかりだった。

そこに、彼の実母を名乗る女性が現れた。周囲は慎重を期すよう促したが――彼が捨てられていた場所、そのときの衣服、生まれてすぐはあったが幼いころに消えた小さな痣まで言い当て、彼は信じてしまったのだ。

だがその女性は偽者で、ジークフリートだけでなく全員の命を狙ったのである。

「だから、ジーク様は――血の繋《つな》がった家族は持たない、と誓われたのね」

「はい、一番の理由は間違いなく、あの一件でしょう。そして、実母を名乗る女に、赤ん坊を見つけたときの情報を提供したのが……私の夫でした」

イングリットの告白に、アリシアは息を呑んだ。

彼女の夫も伯爵家に仕える使用人だった。伯爵の遺志を継ぎ、ジークフリートの配下に納まったものの、『農奴の家来』と敵から揶揄され、やがて不満を抱くようになったと言う。

「私も夫の不満には気づいておりました。ですが、まさかあんな大それたことをするとは……」

ジークフリートを見つけたのはイングリットだ。彼女と捨てた本人しか知らない情報、それは夫がイングリットを騙《だま》して聞きだしたものだった。

すべてが露見し、彼女の夫は実母を名乗った女性と一緒に、敵方に逃げ込んだが……。

翌朝、ふたりともエイブル川のほとりの木に吊るされていた。

「冷たい女だと言われても、夫の死を悼む気持ちにはなれませんでした。ですが、知らなかったとはいえ、私は裏切り者の妻なのです。私が女官長というお役目をいただけば、夫のことを言い出す人間もいるでしょう」

この先、逆恨みでジークフリートに刃を向ける可能性もある。裏切り者の妻に、これまでどおり身の回りの世話を任せるべきではない。

十年前、そんな声を一蹴し、彼はイングリットに引き続き自分の世話をするよう命じた。

「ジークフリート様のお立場を悪くするようなことだけはできません！　私は影となり、支えていければと思っております」

イングリットの苦しみや悲しみ、そして強さを知り、アリシアは涙が浮かんでくる。

理不尽としか言えない悪意をぶつけられるのはつらいことだ。そのことを、今のアリシアは身を持って学んだ。さらには愛する夫に裏切られたら……。

立ち止まり、涙ぐんでイングリットをみつめるアリシアに気づき、彼女は慌てて笑った。

「あらあら、この佳き日に、花嫁様が悲しい涙を流してはいけませんよ」

そのとき、奥の小部屋から女官たちが姿を見せた。

閑散とした大聖堂を、国王と王妃が結婚式を挙げるのにふさわしく見えるよう、長椅子を磨き、花を飾ってくれている。その中にはザーラの姿もあった。

よく思われていなくても、感謝の言葉だけは伝えておきたい。

アリシアが女官たちに歩み寄ろうとしたとき――ふいに、すぐ近くの扉が開いた。

そこに立っていたのはジークフリートだった。

アリシアは笑顔になり、すぐさま駆け寄る。しかし、ジークフリートは黒の軍服の上に、訓練のときと同じ革の胸当てをつけ、手には実用的な剣を握っていた。

本来なら金の装飾が施された式典用の剣を腰に吊るすはずだ。

その、とても花婿とは思えない装いに、彼女の顔から笑みが消える。

「ジーク……様？　どうかなさったのですか？」

「アリシア、落ちついて聞いてくれ」

そんなふうに前置きをされると、逆に落ちつかない気分になってしまう。

胸に手を当て、懸命に呼吸を整える。

「マリアーノ王国に向かわせた使者が——今朝、死体で発見された。そして、モーリッツがマリアーノ王国を襲わせようとしている。そんな情報が入ってきた」

一瞬で目の前が真っ暗になった。

マリアーノ王国が襲われる。

戦とは縁がなく、軍も持たず、ソエニー山の自然に囲まれた祖国が、攻撃を受けようとしているのだ。

「わたしの……せいでしょうか？　わたしが、あなた様のもとに嫁いだから……」

「違う、そうじゃない！」

「マリアーノの衛兵はわずかな人数しかいません。攻め込まれたら、すべての国民を守ることはできないでしょう。いいえ……きっと、誰ひとり生き残れない」

「アリシア‼」

ふいに顎を摑まれ、上を向かされるなり唇を押し当てられた。

突然のキスに頭の中が真っ白になり、そのおかげで動揺が治まってくる。

「落ちつけ、アリシア！　マリアーノの千年の歴史は伊達じゃない。幾度となく、窮地を乗り越えてきたからこその歴史だ」

　ジークフリートは力強い言葉で言いきる。

　彼の言うとおり、マリアーノ王国はただぼんやりと平和を享受してきたわけではない。攻め込まれないよう、あらゆる問題を外交的手段により解決してきた。

　アリシアは冷静になってそのことを口にする。

「そうだ。国境を接する国でマリアーノに攻め込もうという国はない。なぜなら、一度に大軍を展開できず、地の利もない。しかも季節は冬になる。雪山で遭難したんじゃ目も当てられないからな」

「では、デーメル卿はいったいどうやって？」

「傭兵《ようへい》だろうな。だが、奴に傭兵を雇う金が残されているとも思えないんだ」

　情報がすべて嘘という可能性もある。しかし、ジークフリートの即位をよく思わない国が、極秘に支援している可能性もゼロではなかった。

「国境部隊に合流して、事実を確認してくる。すまないが、結婚式は延期だ」

　そう言うと、今にも駆け出して行きそうなジークフリートにアリシアは慌てて声をかけた。

「結婚式が延期になるのはかまいません。でも、もし嘘だとしたら……デーメル卿の罠《わな》かもしれません。ジーク様が行かれるのは危険ではありませんか？」

　アリシアは彼の腕に縋《すが》りつく。

そのとき、答え難《にく》そうにするジークフリートに代わって、ルドルフが答えてくれた。

「罠じゃなくて、本当にマリアーノが襲われていたときが問題なんだ。速攻で応援に向かわなきゃならんのだが……。今、王都から大軍を動かすのは、ちょっとばかし無理なんだよなぁ」

正規軍のほとんどを王都と王城の防衛に残し、ジークフリート直属の精鋭部隊で国境沿い、場合によってはマリアーノ王国まで向かう。

たとえ罠だとしても、それ以外に両方を守る手段がない。

ルドルフがそう話した直後、扉の向こうからマクシミリアンの声が聞こえた。準備が整ったと言われ、ジークフリートはアリシアの手を握り、そっと離す。

「行ってくる。万一のとき、おまえの大切な人たちは必ず守る」

初めて聞くジークフリートの悲壮感を漂わせた声に、アリシアは足元からゾクゾクしたものが這《は》い上《あ》がってきた。

彼と離れるのが怖い。いっそ、ついて行きたい。万にひとつ、帰る国も家族も失い、愛する夫まで失ってしまったら、果たしてアリシアに生きる場所はあるのだろうか？

だがそのとき、ジークフリートはひと言つけ足した。

「――王都を頼む」

濃灰色の瞳から彼の強い意思が伝わってくる。

ジークフリートを愛していると言うなら、覇王と呼ばれる男の妻として――王妃として、ふさわしい態度を見せなくてはならない。

アリシアはグッと奥歯を噛みしめ、花冠から一本の花を抜き取った。

「銀梅花《ミルテ》は不死の象徴です。伝説の英雄を死なせた菩提樹《リンデンバウム》から、あなた様を守ってくれますように」

白い銀梅花に祈りを込めて口づけ、胸当ての結び目に差す。

「わたしは大丈夫です。どうか、ご無事でお戻りください。わたしにとって、一番大切な人はジーク様なのですから」

ジークフリートは信じられないと言わんばかりに、大きく目を見開いた。何か言おうと口を開くが、ルドルフとマクシミリアンに背後から急《せ》かされ、

「必ず戻る、待っててくれ！」

そう叫ぶと、大聖堂から飛び出して行くのだった。

☆　☆　☆

後ろで衣擦れの音がした。

ハッとして振り返ると、そこにはイングリットがアリシアと同じように大聖堂の石畳の上にひざまずいていた。

「イングリット、あなたもずっといてくれたの？」

ジークフリートが王都を出発して、まだ数時間しか経っていない。

だがその間、アリシアはずっと祭壇の前で祈っていた。花冠を外し、ヴェールを肩にかけているのは、わずかに見える肌を隠すためだった。

「はい。王妃様のお気持ちは、充分、神様に届いたと思います。私は歳のせいでしょうか？そろそろ腰が痛くなって参りました」

腰をトントン叩きながらイングリットはおどけて見せる。

アリシアの頭の中は、ジークフリートが無事に帰ってくること、そして、マリアーノ王国の件が誤報であること。そのふたつのことしか考えられず、ひたすら祈り続けていた。

だが、やっと周りのことにも目が向き始める。

残ってくれたのはイングリットだけだと思っていた。だが、大聖堂の中には他の女官たちもいて、それぞれに不安そうな顔をしている。

(わたしがいつまでも沈んでいてはダメだわ。戦の恐ろしさを知っている彼女たちのほうが、わたしより怯《おび》えているはずだもの)

アリシアはすっくと立ち上がり、女官たちのもとに近づいて行く。

「一緒に祈ってくれてありがとう。さあ、城に戻りましょうか」

笑顔で話しかけると、ほとんどの女官がホッとした顔をした。

しかし、その中に不満を露わにした女官がひとり、ザーラだった。

「急に平気な顔をされて……本気で国王陛下のことを心配なさってるのかしら？　ひょっとしたら、陛下を罠に嵌めている人間はここにいたりして」

「王妃様に向かってなんということを——言葉を慎みなさい‼」

イングリットの叱責にザーラは全身を震わせ、一瞬で口を噤んだ。

「そんなに叱らないであげて、イングリット」

「いいえ、国王陛下に対する信頼があるなら、王妃様への態度もきちんといたしませんと。ザーラだけでなく、他の全員に関わってくることです！」

「ええ、そうね。でも、その国王陛下に対する信頼も、ひと月程度で得られたものではないと思うの。ジーク様と同じだけの時間をかけて、わたしも積み重ねていくつもりです」

アリシアが静かに話すと、イングリットはハッとした顔をした。

「ジーク様がお戻りになるまでの間、ちゃんと食事をして、睡眠も取らなくてはね。いざと言うときに倒れてしまったら、またエッフェンベルク卿に〝愚かな王妃〟と言われてしまうもの」

今度は彼女のほうがおどけて言った。

「ああ、マクシミリアン様のことでしたら、どうぞお気になさらず。あのあと、お見送りのときになんとおっしゃったと思います？」

イングリットの質問の答えは見当もつかず、アリシアは首を捻った。

すると――。

『たしかに、わたくしには女心など全く解しません。出会って数時間で〝ジーク様〟と呼び、二度目には〝ルドルフ殿〟と呼ぶ。一番、長い時間を過ごしたはずのわたくしは、いまだに〝エッフェンベルク卿〟ですからね』

マクシミリアンは憮然《ぶぜん》とした顔で言ったらしい。

「まあ、そんな……ジーク様もルドルフ殿も、そう呼んでほしいと言われただけなのに。エッフェンベルク卿は何もおっしゃいませんし」

「次は〝マクシー殿〟と呼んでおあげなさい。たちまち、態度が変わりますよ。男性の頭の中は、ごく単純にできておりますからね」

イングリットの言葉にアリシアも頬《ほお》が緩むが、女官たちもクスクス笑っている。

だがそのとき、思いがけない声が聞こえてきた。

「せっかくですが、ご辞退申し上げます。わたくしは女心を解しない一例をお話しただけですから」

驚いて声の主を確認すると、そこに黒い軍服姿のマクシミリアンが立っていたのだ。

「エッフェンベルク卿、いったいどうされたのです？　ジーク様は……」

一瞬、ジークフリートも帰ってきてくれたのか、と思った。

だが、そうではないらしい。

「王都を出たあと、ジークフリート様はどうしても王妃様が気にかかるとの仰せ。ルドルフに引き返すよう言われましたが、戦力は加算ではなく乗算により導き出されるもの。代わりに、わたくしが戻って参りました」

マクシミリアンの言葉はわかりづらいが――ジークフリートとルドルフは離れずに戦ったほうが、より軍の戦力が上がる、と言いたいらしい。

と言うことは、ひとり離れることになったマクシミリアンは、危険な役目を引き受けてくれたのではないだろうか。

「では、エッフェンベルク卿はわたしのために、わざわざ引き返してくれたのですね。ありがとうございます」

「……王命ですので」

視線を逸らせて言葉を濁すが、ほんのりと頬が赤く染まって見える。もともと色が薄いので、わずかな変化で目立ってしまうようだ。

それはイングリットにもわかったらしい。

「おやまあ、マクシミリアン様にも赤い血が通っておられたんですね」

「何が言いたいのですか？　駆け戻ってきたので、息が上がっているだけです」

「駆けてきたのは馬のはずですよ。上に乗っているだけで息が上がるとは、もう少し鍛えなくてはいけませんわね」

軍配はイングリットに上がったらしく、さすがのマクシミリアンも閉口している。

彼は咳払《せきばら》いをひとつすると、アリシアに向き直った。

「ところで王妃様、先日わたくしが申し上げた……」

刹那——大聖堂のすぐ外で、絹を裂くような女性の悲鳴が上がった。

マクシミリアンはとっさに剣を摑み、すぐに抜ける体勢で正面の扉に駆け寄る。

彼はひ弱に見えるが実際は違う。ジークフリートやルドルフには及ばないが、戦闘能力は見た目以上だとジークフリートから聞いたことがあった。

「エッフェンベルク卿、いったい何が起こっているのです⁉」

「わかりません。わたくしが確認して参ります。王妃はここに。イングリットは王妃の傍から離れないように」

そう言ってマクシミリアンは扉に手をかけようとしたとき、衛兵がひとり中に飛び込んできた。

大聖堂の前には見通しのいい広場がある。敵が攻めてきたとき、大軍で取り囲むためだ。正面扉の前にある十段ほどの階段も、敵の突撃を少しでも阻《はば》む目的だとジークフリートが教えてくれた。

ところが今、その広場にひとりの女性が飛び込んできたと言う。

それも、今にも生まれそうな大きなお腹をした女性。若いのか年配か、髪や肌の色もよくわからない。ボロ布を身に纏《まと》い、近づく衛兵たちを威嚇するように時々悲鳴を上げながら喚《わめ》き立てているようだ。

「では、その女を早く取り押さえなさい」

マクシミリアンは憮然として命じるが、

「はっ、しかし……」

衛兵は酷く困った顔で答えた。

「身籠もっているのは——国王陛下の子供だと言っております。半年前、ノルトの町で寵愛を受けて授かった、と。いかがいたしましょう?」

それを聞いた瞬間、アリシアの頭にザーラの言葉が浮かぶ。

『国王陛下には妻にしたい身重の女性がいて、私の町で匿《かくま》ってるって』

じっとしていられず、思わず身を乗り出して尋ねてしまう。

「それは……本当のことですか?」

「お、王妃様!　申し訳ありません。でも、それがわからないので、どうしたらいいものか……困っております」

アリシアは質問の相手を変え、マクシミリアンの顔を見上げる。

「その女性の言葉は本当ですか?　ジーク様には、妻にしたい身重の女性がいたのですか?

エッフェンベルク卿なら、何かご存じなのではありませんか?」

マクシミリアンは難しそうな顔をしたあと、ゆっくりと口を開いた。

「ひとつ目の質問にはジークフリート様しか答えられないでしょう。ふたつ目は『いいえ』です。あの方は本心から、家族を持たないと決めておられました。三つ目は……」

約半年前、ジークフリートが前国王を倒した場所がノルトの町近郊だった。

そのことはアリシアの心に重くのしかかる。

「まあ、杞憂に終わると思いますが、わたくしがあの女性の顔を確かめて参りましょう。王妃様はここでお待ちくだ……」

次の瞬間、アリシアはマクシミリアンに抱きしめられていた。

同時に、パンッ――とマスケット銃の発砲音が大聖堂の中に広がる。イングリットをはじめ女官たちも慌てふためき、怒号や悲鳴が響き渡った。

何がどうなっているのか、アリシアにはさっぱりわからない。

周囲を見たくても、マクシミリアンが尋常ではない力で彼女を抱きしめ、放してくれないのだ。

「エッフェンベルク卿、なんの真似でしょうか? どうか、わたしから離れてください。どうしてこんな……エッフェンベルク卿?」

彼の胸を押しのけようとしたとき、掌《てのひら》にぬるりとしたものが触れた。

下を向き、真っ赤に染まった自分の掌を見て、アリシアは息が止まる。

「王妃様、動いてはいけません」

マクシミリアンの顔色は見る間に青褪《あおざ》めていく――。だが、彼女を抱きしめる力が弱まる気配はない。

そのとき――。

「きゃあっ‼」

祭壇のほうから悲鳴が上がった。

何が起こっているのか確かめたいのに、マクシミリアンの身体が邪魔で何も見ることができない。

直後、アリシアの耳に信じられない声が聞こえてきた。

「アリシア王女、いや、今は王妃か。私がここまで落ちぶれたのも、すべておまえとその男のせいだ！　だが、神が味方してくれるとはな――そいつを撃ち殺せるとは思わなかった！」

デーメルの声にアリシアは愕然とする。

しかもデーメルは『そいつを撃ち殺せるとは思わなかった』と言った。そのとき初めて、自分を庇ってマクシミリアンが撃たれたことを知る。

「そんな……なんということを」

一刻も早くマクシミリアンの傷の手当てをしなくてはならない。そう思ってアリシアは必死でもがくが、彼は絶対に離そうとしなかった。

そして、彼女の耳元で信じられないことを呟き始めた。

「責任は、わたくしに、あります。嘘《うそ》の……報告をしました。デーメルの狙いは、ジークフリート様だ、と」

マクシミリアンの報告を信じ、アリシアを危険から遠ざけるため、ジークフリートは自身を囮にしてわざと少数で王都を離れた。

だが、デーメルの狙いはアリシアのほうだった。

ジークフリートに逃げられたデーメルは、ほとんどの協力者からそっぽを向かれてしまう。しかも、ちっぽけだと思ったマリアーノ王国には意外と味方が多く、攻め入る隙もない。こうなれば、自身の命と引き換えにしてもジークフリートに一撃を加えてやりたい。その最も効果的な手段が、アリシアを殺すことだった。

そんな目的でデーメルが王都周辺に潜んでいるという情報を、マクシミリアンは入手していた。

長引けばふたたび味方する国が現れ、力を蓄えてくるかもしれない。一気に片をつけるには、こちらから罠を張り、呼び寄せることが一番の早道。

だが、その餌にアリシアを使うことを、ジークフリートが許すはずはなかった。

「マリアーノ王国は無事です。ジークフリート様も……。〝あの程度の者〟なら、わたくしひとりで充分……そう、思っていたのですが……日頃の、行いでしょうか、神のご加護が得られなかったよう、で……す」

「エッフェンベ――マクシー殿‼」

マスケット銃は訓練を積んだ銃兵が撃っても、そうそう狙い通りに当たるものではない。それがこうまで命中するとは、彼の言うとおり、神のご加護が得られなかったとしか言いようがない。

ふいに彼女を拘束する力が弱まった。だがそれは、決して喜ぶべきことではなく、マクシミリアンの意識が落ちてしまったという証拠なのだ。

しだいに重くなる彼の身体を支え、ふたりはズルズルと床に倒れ込んでしまう。

そんなマクシミリアンの身体の下から這い出た直後、ザーラの頭にマスケット銃を突きつけるデーメルの姿が目に映った。

次から次へと起こる出来事に、アリシアは眩暈《めまい》を感じる。

どうしてこんな事態になっているのか、どうすればいいのか、落ちついて考える時間すら与えてもらえない。

大聖堂内を見回すと、イングリットたちは床の上に座り込み、身体を寄せ合って震えている。

報告にきた衛兵は、剣に手をかけているものの斬りかかれずにいた。

扉の外には大勢の衛兵が駆け寄ってくる気配がする。だが中で何が起きているのか、とくにアリシアの状況がわからなくて動けないのだろう。大挙して飛び込んでくる様子はない。

「おい！　妙な動きをしたら女は殺すぞ。この距離なら、外すことはないだろうからな」

デーメルは衛兵に向かって叫びながら、銃口をザーラの首筋に押し当てる。

「おやめなさい、デーメル卿！　そんなことをしても、あなたが王位に就くことなどできません。ザーラを離しなさい、デーメルさい」

「そんなことはわかってるさ！　ああ、そうだ。この女を助けてやろうじゃないか。おまえが代わりになると言うならな」

淫猥な笑みを浮かべるデーメルの顔を見て、アリシアは心臓を鷲掴《わしづか》みにされた気がした。

ジークフリートと初めて出会った地下牢《ちかろう》で、鉄格子越しにふたりを愚弄し続けたデーメルの姿が鮮明に浮かび上がる。

『マリアーノ王国の王女が、農奴の妻になった瞬間だ』

『さっさと腰を振って王女の期待に応えてやれ』

ふたりの大切な初夜を、二度と思い出したくない屈辱の夜に替えてくれた。

アリシアは悔しさに唇を噛《か》みしめる。

あのときはジークフリートが守ってくれた。こんな男に頭を下げてまで、家族は持たないという誓いを破ってまで、アリシアを助けてくれたのだ。

だが今、この場所にジークフリートはいない。

アリシアがどうにかしなければ、ザーラを救うことも、マクシミリアンの手当てをすることもできない。他の誰かに任せたときは、きっとふたりより王妃であるアリシアを優先するに違いなかった。

（神よ、願いを聞き届けてくださり、感謝いたします。そしてどうか、ザーラとマクシー殿をお助けください）

心の中で愛する夫と祖国の無事を神に感謝した。そして新たな祈りを捧げながら、デーメルに向かって一歩踏み出す。

だが、そんな彼女を庇《かば》おうと、衛兵も前に出てくる。

「いけません、王妃様。どうぞ、外にお逃げください！」

「わたしではなく、女官たちを外に。マクシー殿はお医者様が来るまで、無闇に動かしてはいけません。デーメル卿はわたしがここから連れ出します。あとは――お願いいたします」

言うなり、アリシアは衛兵を押しのけた。

「王妃様⁉」

デーメルに囚《とら》われていた地下牢から逃げ出すとき、ジークフリートは言った。

『本当に誰かを犠牲にしてまで、優先される価値が俺にあるのかどうか……』

アリシアも今、同じ思いだ。

祖父、イサンドロ国王の姿を見て学んだ王の義務。マリアーノ王室に連綿と受け継がれてきた王族の務め。理解していたつもりだが、この事態に直面してようやくわかった。

多くの命を救うことも重要だが、もしここにジークフリートがいたなら、目の前の命を救おうとするだろう。

膝の震えがぴたりと止まり、アリシアはたしかな足取りでデーメルへと向かう。

「デーメル卿、あなたの望みはここでわたしを道連れに死ぬことですか？　それとも、前国王の後継者として名乗りを挙げることでしょうか？」

妙に落ちつき払った彼女の言動に、デーメルは恐怖を感じたのか後ずさりする。

「前者なら、その銃でわたしを撃ちなさい。後者なら……わたしを人質にすればここから逃げられるでしょう。但し、わたし以外では人質の役目は果たしませんよ」

さらに数歩、アリシアは近づく。

するとデーメルは混乱した素振りを見せ、銃口をザーラから離した。

次の瞬間、ザーラがデーメルを突き飛ばして走り出した。

「こちらへ！」

アリシアはザーラに手を伸ばす。

ふたりの手が触れ合う寸前、ザーラは長椅子に足を引っかけ、身廊の真ん中に転がり出てしまう。

「女官ふぜいが！　殺してやる！」

デーメルが銃口をふたたびザーラに向けたとき、アリシアはとっさに彼女の上に覆《おお》いかぶさっていた。

その瞬間、アリシアの心に浮かんだのは祖国の風景でも家族の顔でもない。神に救いを求めることすら思い浮かばず――。

(ジーク様！　もう一度、お会いしたかった)

彼女の胸は、ジークフリートの少年のような笑顔でいっぱいになった。


――ガシャーン‼

大聖堂が激しい音と衝撃に揺れた。

古いが丈夫な建物だと聞いている。しかし、雷が落ちたような恐ろしい音だった。

アリシアが恐る恐る顔を上げると、デーメルも何が起こったのかわからない様子で、大聖堂の中を見回している。

「な、なんだ？　まさか、王妃がここにいるのに、攻めてきたのか⁉」

そのとき、正面扉とは全く逆、祭壇のほうから風が吹き込んできた。

太い梁の下に取りつけられた頑丈そうなはめ殺し窓の木枠に、長い矢が突き刺さっている。

そのせいだろうか、厚みと重みがあり、波打つように見えるバロックガラスが見事に砕け散っていた。

直後、正面扉が押し開かれる。

と同時に、小部屋の近くにある裏口に通じる扉から誰かが飛び込んできた。

「アリシア、無事か⁉　モーリッツ、貴様ーっ！」

抜き身の剣を手にしたジークフリートが、長椅子の上を飛ぶように駆けてくる。

「うわっ、うわっ、クソッ！」

デーメルは慌てふためき、ジークフリートに向けて発砲した。

弾は掠りもせず、壁にひびを作るだけになる。

しかも、デーメルが手にしたマスケット銃は、一発撃つと二発目の装填には手慣れた銃兵でも数分かかってしまう代物だ。

銃をジークフリートに向けて投げつけ、剣を抜いて斬りかかり――だが、あっさり叩き落された。

「わ、悪かった。私を国外追放にしてくれ。王位継承権は二度と主張しないし、この国にも戻らない。おまえは、武器を捨てて降伏する相手を斬り殺したりしない男だ。そうだろう？」

まさしく、厚顔無恥の生きた見本のようだ。デーメルはヘラヘラ笑いながら、ジークフリートに命乞いをしている。

だが、今のデーメルは丸腰には違いない。

「ああ、武器を持たない者は殺さない」

ジークフリートは抑揚のない声でポツリと口にする。

馬から下り、息をつく間もなく駆けつけてくれたのだろう。遠出のときの黒い外套を身につけたままだった。髪も出発前に比べたら乱れており、どこか捉えどころのない顔つきをしている。だが、剣を鞘に戻す動作は、こなれていてとても凛々しかった。

アリシアはザーラと抱き合うようにして、彼の勇姿を瞬《まばた》きもせずにみつめていた。

そんな視線に気づいたのか、ジークフリートはスッと剣を下ろした。外套を翻して、アリシアのほうを向き直る。

それは当然のように、デーメルに無防備な背中を晒《さら》すことになり……。

すると、案の定、ジークフリートの背後でデーメルが奇妙な動きをした。

叩き落された剣に手を伸ばして拾い上げる。そして狂気に満ちた笑みを浮かべ、剣を振り上げ——。

「ジーク様っ⁉」

アリシアは悲鳴を上げるように名前を叫ぶ。

しかし、彼は慌てる様子も見せず、ゆっくりとした動きでデーメルを振り返った。

「おまえなら剣を拾うと思ったよ、モーリッツ」

「……ひ、きょう、だ、ぞ……」

デーメルは目を剥《む》いてジークフリートを一瞬だけ睨む。

「だからなんだ？　地下牢で言ったはずだ——誰かを守るためなら容赦はしない、と」

だが、ジークフリートの返答はデーメルの耳には届かなかった。

すぐになんの反応も示さなくなり、前のめりに倒れ込む。その背中には長い矢が突き刺さっていた。

アリシアはハッとして祭壇のほうを見る。

そこには壊れた窓枠に足をかけ、ルドルフが強弓を手に不遜な笑みを浮かべていた。

そんなルドルフの顔を目にして、アリシアもようやく気づく。ふたりは最初から示し合わせていたのだ。ジークフリートがわざと隙を見せ、デーメルが剣を手にしたときはルドルフが射殺する、と。

「アリシア、間に合ってよかった。おまえに何かあったらと、生きた心地がしなかったぞ」

ジークフリートは心から安堵したように言う。

アリシアもすぐさま彼に抱きつこうとするが、そのとき、マクシミリアンのことを思い出した。彼女は慌てて、正面扉の近くに横たわるマクシミリアンに駆け寄る。

「わたしはなんともありません。でも、マクシー殿が……ジーク様、早くお医者様を！」

アリシアに言われて、ジークフリートもただならぬ事態に気づいたようだ。彼女のあとを追いながら、衛兵たちに医者を連れて来るよう命令している。

「この馬鹿者が‼　デーメルごときと侮ってひとりで動くからだ！」

ジークフリートの怒声が大聖堂の中に響き渡る。

すると、マクシミリアンの瞼《まぶた》が動き、意識を取り戻した。

「ジーク……トさ、ま。申しわ……け、ありま、せん。でも、どうし……て？」

それはアリシアも不思議だった。もし気づいていたのだとしたら、ジークフリート自身がアリシアを囮にするつもりだったことになる。

「イサンドロ国王の命により、自分がお知らせいたしました」

その懐かしい声にアリシアは息を呑む。正面扉から入ってきたのは、マリアーノ王国のグレンデス護衛長だった。

立派な髭をたくわえたサルバドール・グレンデスは五十代、黒髪の中に所々白いものが混じっている。若いころは筋骨隆々としていたらしいが、アリシアが覚えている彼の姿にそれほどの逞しさはない。熊を追い払ってくれたころで、すでに四十代半ばだった。

「アリシア様のお命を狙う不届き者がいる、との情報を得ましてな。マリアーノの皆様がとても心配しておられます。危険をお知らせするついでに、アリシア様のシュヴァルツでの暮らしぶりを見て来いとの仰せで」

「では……わたしのために、護衛長は山を下りてきてくれたのですか？　でも、マリアーノは？」

アリシアは逆に心配になって尋ねるが、グレンデスは呵々《かか》と笑い飛ばした。隣国とはなんの問題も起きておらず、マリアーノ王国は安泰だと言う。

マクシミリアンはジークフリートの命令で王都に戻ったと言ったが、実際には黙って姿を消していた。

つい先日まで、狙われる危険性があるのはアリシアと言いながら、今朝になってジークフリートとマリアーノ王国の危機を口にし始めたらしい。ジークフリートたちに疑問を抱かせる間もなく、決断を迫ったのだ。

街道をやって来たグレンデスがマリアーノ王国の護衛長とわかり、話の食い違いに慌ててマクシミリアンを探したと言う。

「こいつ、よく似た背格好の男を替え玉にしてたんだ。ったく……ジークに言えなかったのはわかるが、俺には話せよ。この、馬鹿参謀！」

口では罵りながら、心配そうにマクシミリアンの傷口を見ているのはルドルフだった。

そのルドルフの言葉に、ジークフリートが疑問を唱えている。

「どうして俺には言えない？　アリシアを死なせるところだったんだぞ⁉　俺はそれほどわからず屋か？」

「なんだ、まだ自覚がないのか？　おまえの王妃さんへの惚れっぷりは尋常じゃねーからな。簡単に命くらい投げ出しそうで、マクシーはそれが心配だったんだろう」

マクシミリアンはエッフェンベルク男爵家の親類縁者すべてを敵に回し、身分を越えてジークフリートに仕えることを選んでいた。彼にとってジークフリートは、他の何と引き換えにしても守りたい宝なのだ。

アリシアはマクシミリアンの横にひざまずき、彼の手を握った。

「マクシー殿、そのときはわたしに話してください。あなたから見れば拙《つたな》く思えるのでしょうが、ジーク様を守りたい気持ちは同じなのですから」

「……あれは、違い、ます。損得……のない、無垢《むく》な心を……褒めた、つもりで……イングリット、に叱られま、した」

そう言うと、マクシミリアンはこれまで見せたことのない、温かな笑みを浮かべた。

「デーメルと、刺し違えて……も、王妃を守れ、たら……と。だが、ジークフ……リートさ、まには、敵わな……」

ふいに声が途切れる。

「マクシミリアン‼」

大聖堂の中にジークフリートの声が響き渡った。

第七章　蜜夜

ふたりが地下牢で結婚式を行ってから、早二ヶ月。

マリアーノ王国ならそろそろ冬支度を始めるころだろう。だが、シュヴァルツ王国の王都では、秋の風が心地よい時期だった。

撃たれたマクシミリアンの容態も安定してきて、医者から『もう大丈夫』とお墨付きをもらい、一同は胸を撫《な》で下《お》ろした。

だが、無事となるとジークフリートの中に複雑なものが込み上げてきたらしい。

『日頃の行いがよっぽど悪かったんだな。そうでなければ、デーメルの撃った銃の弾が当たるなんてあり得ない。アリシアから〝マクシー殿〟なんて呼ばれて浮かれてるから、こんなことになるんだ！』

『マクシーの独断専行はいつものことだが、こんな無様は初めてだな。歳のせーか？』

等々、ジークフリートだけでなく、ルドルフまで言いたい放題だ。

普段よっぽど言い負かされているらしい。

マクシミリアンもさすがに今回の失態は自覚しており、一切の反論をしない。それをいいことに、ここぞとばかりにやり返しているみたいだ、とイングリットが笑っていた。

そのイングリットもかなり心配していたので、快復の兆しを聞いたときは本当に嬉しそうだった。

アリシア自身もやはり嬉しくて、ついつい頬が緩んでしまう。

「おい！　まさかまた、マクシミリアンのことを考えてたんじゃないだろうな？」

ふいに顎をくいと持ち上げられた。

あまりにも間近にジークフリートの顔があり、アリシアは赤面して息を呑む。だが、彼の目にはその表情が肯定に映ったようだ。

「そうだろうな。あのグレンデス護衛長とやらは爺さんだったし、やっぱり、おまえが一番気にしているのはあいつなんだ。それがわかってるから、自分で助けようと……」

しだいに口の中から、ブツブツと意味のなさない呟きが聞こえてくる。

「あ、あの、〝あいつ〟というのは、どなたのことですか？」

「マクシミリアンに決まってる！」

ジークフリートの決めつけにアリシアは一瞬だけびっくりした。

だが、すぐに堪えきれない笑いが込み上げてくる。

「いやだわ、もう！　ジーク様ったら、ご冗談を」

マクシミリアンには嫌われこそすれ、好かれるような覚えがない。ましてや、命がけで助けてくれた理由が愛情のはずがなかった。

彼はジークフリートを守りたい一心で、デーメルを呼び寄せる囮にアリシアを利用しただけだ。それを、やり過ぎという声も出ているが、アリシア自身は思っていなかった。

マクシミリアンは、そうやってジークフリートを守りながら十五年も戦い続け、覇王への道を繋いだのだ。

もし、あらかじめ相談を受けていたとしたら、アリシアは喜んで協力を約束しただろう。

ジークフリートと国家国民のために――。

それがたとえ、自分自身とマクシミリアンの命を危険に晒すことになったとしても。

「それより、ジーク様がそんなふうにおっしゃるので、ルドルフ様も誤解されていましたよ。訂正されなかったので、女官や衛兵たちも……ひょっとして、護衛長がしばらく滞在していたからですか?」

大聖堂ではとても考える余裕はなかったが、あとになって思い出してみると『おまえの王妃さんへの惚れっぷりは尋常じゃねーからな』と苦笑しながら言っていた。

王城に入って一週間ほど経《た》ったころも、中庭の四阿《ガゼボ》で顔を合わせたときに、ルドルフはそういった話をしていた気がする。

あのときのアリシアはジークフリートの上に跨り、大事な場所に愛撫《あいぶ》を受けていた。恥ずかしくて、恥ずかしくて、きちんと話が聞ける状態ではなかった。

（ルドルフ殿だけではないのよね。ザーラが連れていた若い女中も、『国王陛下が愛してるのは王妃様だと思います』なんて言っていたし……）

『ジークフリート陛下になら、大切な我らのアリシア様を安心してお任せできます。イサンドロ国王にもたしかに伝えておきますぞ！』

グレンデスは高笑いをしながら、マリアーノ王国に帰って行った。

そんな笑顔を見てはとても誤解とは言えず……。

だがそれは、アリシアにとって幸せな誤解だった。

そのとき、一羽のウタツグミが近くの林から飛び立った。美しいさえずりの余韻が木々の間に広がっていく。

今、ふたりがいるのは王都近くの小さな森の中。

小高い山を登る山道の途中で箱馬車を降り、ふたりで森の小道を歩いて頂上へと向かっている。

頂上付近には綺麗な湖があった。湖畔には森番小屋が建てられており、朽ちかけたその小屋をジークフリートが急ぎ修理させたと聞く。

彼はどうしても、アリシアをその森番小屋に連れて行きたいと言い始めた。

だが頂上へは馬車では通れない小道がある。アリシアには厳しいのではないか、と声が上がったが……結果的に全く問題はなかった。

鮮やかなキャロットオレンジのドレスの裾を翻し、アリシアは軽い足取りで登っていく。ドレスの裾からは山歩き用の裏地に革を張ったブーツが覗いていた。

王城を出発するとき、

『王妃様、充分にお気をつけて行ってらっしゃいませ』

ザーラたち女官は心配そうな顔で見送ってくれた。

しかし、もともとが〝繊細な王女様〟とは程遠い山国育ちのアリシアだ。山歩きなら、王都で育ったザーラよりよほど慣れたものである。

大聖堂の事件を境に、女官たちの態度は変わった。中でもザーラの変貌ぶりが凄《すご》い。

怪我《けが》で起き上がれないマクシミリアンの世話に、イングリットがつきっきりになると、ザーラは自分から王妃の部屋係を希望してくれたほどだ。

『本物の王妃様とはどういった方なのか、初めて知りました。長年、私たちを苦しめてきた女は、王妃の皮をかぶった魔女だったんですね。私、アリシア王妃様になら一生ついて行きます！』

それは、これまで目が合うと睨《にら》まれていたザーラの言葉とはとうてい思えない。

アリシアはこそばゆいものを感じつつ、自分の存在がジークフリートのお荷物というだけでなくなったことに安堵したのだった。

このままずっと穏やかな日々が続けばいい。

たとえ、ひとりの女として愛されなくても、アリシアを王妃にしてよかった、と思ってもらえたら。

「アリシア……ほら、あれが森番小屋だ。湖はあの向こうだな」

話を逸らされた感じはしたが、あえて質問を重ねることはせず、小さな森番小屋に足を踏み入れた。

「……まあ！」

マリアーノ王国では山小屋を目にする機会は多い。狩猟小屋やチーズ小屋、小川沿いには水車小屋などもある。

だがここは、アリシアの知っているどんな山小屋より綺麗《きれい》に整えられていた。

小屋のほぼ中央には、新しく作られたばかりの木製のラウンドテーブルとスツールが置かれ、入って左手には真新しい石造りの暖炉もあった。

正面の奥には小窓もあり、幻想的な湖の姿が垣間見える。

しかし、アリシアが声を上げたのは入り口の右手に、あるものを見つけたからだった。

「俺がかつて寝てたのは、ベッドと言うよりただの干し草の上だった。でも、おまえが横になりやすいようにリネンを敷かせたんだ」

そこにあったのは干し草のベッド。

ベッドの土台は木枠で、その中には夏の太陽と風で乾燥させた牧草が敷き詰めてある。こんもりと盛り上がった上から白いリネンのシーツをかぶせられていた。

「わざわざ、干し草を運んで作ってくださったのですか？」

「湖の反対側が牧草地なんだ。そこから運ばせた」

「あのときのこと、覚えていてくださったのですね。ありがとうございます！」

地下牢から脱出する直前、アリシアが寝ぼけて口にした言葉に彼は『干し草がよければそれも用意してやる』と答えてくれた。

あの夜のことを思い出し、胸の奥がほっこりと温かくなる。

彼女が喜びの声を上げたので、ジークフリートもホッとしたらしい。

「いや、礼を言われるほどじゃない。俺がおまえを干し草の上で抱きたかっただけだ」

「そ、それは……」

たしか──『おまえを押し倒して、思う存分突き上げたい』とも言っていた。それはあまりに率直な言葉で、アリシアはなんとも言えない気分だ。

その微妙な思いが顔に出てしまったらしい。

「どうした？　干し草のベッドが嫌なら、無理にとは言わない。俺は、おまえが一緒ならどこでもいいんだ」

まるで、アリシアのすべてを熱烈に求められているみたいで、涙腺が緩みそうになる。

だが、ジークフリートが求めているのは彼女の躰《からだ》だけ……。

口をついて出そうになる本当の思いに、じんわりと目頭が熱くなっていく。しだいに、見えるものすべてが揺らめき始める。平気な顔をしよう。ニッコリと微笑まなくてはいけない。そう思うのに、自分の感情が思いどおりにならない。

「アリシア……王妃でいるのは、そんなにつらいか？」

そのまま離婚を切り出されそうで、アリシアは急いで否定した。

「いいえ！　いいえ、つらくないです。でも、お願いがあります。ジーク様のこと、好きになってもいいって言ってください。ほんの少しでいいから、愛されることを夢みたいのです。だから……」

飛びつくように彼に縋り、早口で訴えていると――唐突に唇を塞がれた。

熱い吐息を口腔《こうこう》内に流し込まれ、目の前がくらくらして彼の口づけに応え始めてしまう。息苦しくなったとき、ようやくジークフリートはキスをやめてくれた。

突然のキスの意味がわからず、泣きそうな目で彼をみつめる。

「グレンデスの名前を聞いたとき、胸が焦げつくように痛くなった。おまえが笑うと嬉しくて、おまえが泣いたら、俺も泣きたくなる」

「……ジーク様……」

「おまえに、愛されているかもしれない。そう思うだけで、全身が熱くなるんだ。無理はダメだとわかっていても、抱きたくて堪《たま》らなくなる」

彼の言わんとすることがわからない。愛の告白のようにも思え、アリシアは食い入るように彼の顔を見る。

「アリシア、頼みがある。俺のことが好きだと、言ってみてくれ」

それは、信じられない頼みごとだった。

彼女は大きく目を見開き、深呼吸してから声を出した。

「好き、です。わたし……ずっと、ずっとジーク様のことを愛していて……好きって何度も、何度も言いたくて……」

次の瞬間、息が止まりそうなほど、ジークフリートに強く抱きしめられていた。

「胸の奥がざわざわする。嬉しくて、頭が変になりそうだ」

「ご迷惑では、ありませんか？　もっと、言ってもいいですか？　あ、愛しています……あなた様のこと、誰よりも深く、強く、愛しています！」

アリシアが愛を叫んだとき、ジークフリートはほんの少し身体を離して、彼女の顔を覗《のぞ》き込《こ》んだ。

「俺も〝愛してる〟――みたいだ」

「みたい、ですか？」

それはあまりに彼らしくない、頼りなさそうな声色だった。

アリシアは返答に困りながらも、一生懸命に考えながら答えた。

「わたしも、ジーク様に〝愛してる〟と言われて、頭の中がおかしくなりそうです。胸が熱くなって、ザラザラした手で撫《な》でられるような感じがします。でも一番は……嬉しくて、もっとキスして……抱いてほしいと思ってしまって……はしたないですか？」

上目遣いにそっとみつめる。

すると、ジークフリートの顔がパアーッと明るくなった。

「同じだ！　ああ、そうなのか。これが〝愛してる〟か。だったら俺は、地下牢で初めておまえを見たときから愛してた。ずっと、おまえが好きだ」

彼は瞳を銀色に煌めかせながら、愛の言葉を口にした。

アリシアの頬や唇にキスの雨が降り注いだ。それは堰を切ったような愛の言葉とともに、止まる気配がない。

ジークフリートは彼女の耳朶《じだ》に唇を押し当て、蕩《とろ》けるような声で思いがけないことをささやいた。

「おまえを抱きたい。干し草の上に押し倒したいんだが、はしたないからやめておこうか？」

ほんの少し前とは違い、ジークフリートはいつもどおりの自信に満ちた声に戻っている。

（やっぱり、何ごとにも動じないジーク様のほうが好き）

そう思った瞬間、躰の奥に痺《しび》れるものを感じた。急き立てられるようにリネンのシャツを握

りしめ、

「やめないで……ください」

アリシアは頬を赤くしながら、小さな声でお願いしていた。


干し草はお日様の匂いがした。

どこか懐かしくて、胸が温かくなる。

ジークフリートの手で最後の一枚――ドロワーズを剥ぎ取られたとき、期待と不安に身体がふるっと震えた。

「怖いか？」

「少しだけ……でも、ジーク様が一緒なので」

彼はベッドの傍らに剣を置いたあと、服を脱ぎ始める。小窓から射し込む光にジークフリートの広い胸板が艶めき、アリシアはドキドキしてそれ以上見ていられなくなった。

そのとき、彼女はハッとして我に返ったのだ。

「ジーク様？　あの、明るいです。まだ、昼間ではないでしょうか？」

いちいち尋ねなくてもわかることだった。

森番小屋に着くなり、辺りが明るいことも気にせずに愛し合い始めるとは。衛兵たちも、どこかについて来ているはずだ。遠巻きに見ていたとしても、そんなふたりの様子に気づかないはずがない。

「明るい中庭や回廊で、何度も俺を受けて入れてくれたのに……今さら？」

トラウザーズも脱ぎ捨て、全裸になって彼女の上にのしかかる。

「それは、そうなのですけれど……でも」

「好きだ、アリシア。おまえの言葉が聞きたい。もっと好きだと言って、俺を幸せにしてくれないか？」

なんてずるくて、嬉《うれ》しい言い方なのだろう。

愛の言葉を待ち侘《まわ》びていたアリシアに、逆らえるはずもない。

「ジーク様が好きです。わたしも、もっともっと聞きたいです」

喜びを抑えながら、でも少し拗ねた声で言い、彼の顔を見上げた。

すると、そこには今まで一度も見たことのないようなジークフリートの顔があった。

「愛してる。可愛くて、愛《いと》しいアリシア、どこもかしこも、おまえのすべてが好きだ」

熱く蕩けるチーズの中に浸したような声が聞こえ、彼自身が溶け落ちてしまいそうなほど照れた顔をしている。

片方の胸をやわやわと揉《も》みながら、彼はもう片方の胸に唇を落とした。

アリシアの素肌を味わうように、愛おしむように、何度も唇で触れたあと、強く吸いついてくる。

残った手で、アリシアの下腹部の茂みに触れ――撫でさすり、敏感な突起を掠《かす》めるように動かした。

「あっ……あの、そこは……あっんんっ」

もっと強く撫でてほしい。

我慢できず、そんな言葉を口走ってしまいそうだ。

「ここをどうしてほしいって？　言葉にしないとわからないだろう？」

言葉になんてできない。そんな思いを伝えようと小さく首を振ったが、ジークフリートはわざと手を離す。

「やめてほしいなら、すぐにやめる。俺は、おまえの言うとおりにしてやる」

それは本当に残念そうな声で、アリシアはとうとう叫ぶように口にしてしまった。

「や、やめないで！　さ、触って……くださ、い。も、もっと、強く」

フッと彼の口元に笑みが浮かぶ。

「いい子だ、アリシア。ちゃんと言えたご褒美に……こんな、感じかな？」

そうっと焦らすように撫でていた指が、ふいに激しくなった。

硬く尖《とが》った胸の先端を弄ばれながら、感じやすくなっている花芯を親指で強くこすられる。

そして甘い蜜が溢れ始めた場所には、長い指がズプリと差し込まれた。

一度にあちこちを責められ、アリシアは唇を噛みしめる。

蜜襞がヒクヒクと蠢き、彼の指をギューッと締めつけていく感じがして……アリシアの全身に力が入った。

「あ、あ……やだ、溺れ……て」

ふいに、干し草の中に身体ごと埋もれてしまいそうな感覚が襲ってくる。

「大丈夫だ、溺れない。ほら、俺に摑《つか》まれ」

言われるまま、アリシアは彼の首に手を回した。

ジークフリートは彼女の肌に口づけながら、身体を滑らせるようにしてずり上がってくる。

最愛の人の顔が目の前にきて、思わず、アリシアのほうから口づけていた。

「んんっ……っふ、ぅ……」

恋のもたらす温《ぬく》もりから目を背ける必要はなくなった。愛する人に愛していると言える喜びが彼女の心を満たしていく。

幸せに酔うように唇を重ね——そのとき、彼の両腕がアリシアの腰に回された。強く抱きしめられ、何も考えられなくなる。

直後、熱い塊がアリシアの内股を這《は》い上《あ》がってきた。

ジークフリートは思わせぶりに腰を動かし、蜜に潤んだ場所を自身の昂《たかぶ》りで徐々に撫でさすった。

「やぁ……んっ」

思わず零《こぼ》れた甘い啼き声に、アリシア自身が驚いてしまう。

だが、二度三度と同じ場所をこすりながら、彼はなかなか挿入してくれない。

そのとき、彼が耳元でささやいた。

「膣内《なか》に、入れてほしいか？」

声に出せず、アリシアは何度もうなずく。

すると、彼の首に回していた手を摑まれ、下腹部に誘導された。指先に熱とぬめりを感じる。

初めての感触にアリシアは手を引きそうになった。

「怖がらなくていい。優しく摑んで、おまえの欲しいところに持っていってくれ」

恐る恐る触れると、その上から手を添えられ……あっと思ったときには、ジークフリートの灼熱《しゃくねつ》の剣をしっかりと摑んでいた。

何十回と受け入れてきたが、こうして彼自身を手にしたのは初めてのこと。

アリシアが一方的に抱かれるのではなく、愛し合う行為だと思うと恥ずかしさより嬉しさのほうが増してくる。

「ジ、ジーク様……こんなに、か、硬くて、大きくて……わたしの中に、入るのでしょうか？」

これほどまで立派なものを押し込まれていたとは思わず、ぽろっと口をついて出てしまう。

するとジークフリートはフフッと笑いながら、

「大丈夫だ。昨夜も入っただろう？　どんな心地だったか、思い出してみろ」

彼女の耳朶に唇を押し当て、甘やかにささやいた。

言われたとおり、昨夜の蜜事を思い出す。数えきれないほどの絶頂を味わい、最終的には彼の腕の中で気を失うようにして眠ってしまった。

だがよくよく考えてみれば、昨夜と言うよりほとんど毎夜のことだ。

当然のように、アリシアの躰はその悦びを覚えている。

「ほら、ここだ。怖がらずに摑んで、ちょっとだけ腰を突き上げればいい」

欲棒の先端に蜜窟の縁をなぞられ、胸の鼓動が鎮まらない。教えられるまま、柔らかな干し草のベッドに背中を押しつけ、腰をくいと上げた。

「あぁ……ん……はぁう」

息を吐きながら、ジークフリートを受け入れていく。じわじわと蜜襞が押し広げられ、自分の胎内に情熱の滾《たぎ》りを感じた。

だが、熱を感じただけではどこか物足りない。

アリシアは彼の雄身から手を離し、ふたたび抱きついた。いつもの快感を求めて、下半身をもぞもぞと動かしてしまう。

そのとき、ジークフリートの楽しそうな声が聞こえてきた。

「そんなもんじゃ足りないだろう？　さあ、我が王妃よ……どうしてほしいか、言ってみなさい」

普段の彼とは違う気取ったしゃべり方だ。

羞恥心より、彼が与えてくれるであろう悦びに対する期待が勝り、アリシアはとうとう言葉にしてしまう。

「も、もっと……奥まで、いっぱい……に、して……ほしい、です」

「奥まで押し込んで、いっぱいにするだけで足りるのか？　二ヶ月前に比べたら、おまえもずいぶんいやらしい躰になったはずだ。優しいだけの愛撫より、荒々しいのも混ぜたほうが、最近はお気に入りだろう？」

「ジークさ、まの……意地悪……」

彼のからかう口調が本気に聞こえ、涙声になってしまう。

すると、とたんにジークフリートの声色が変わった。

「ああ、違うんだ、そうじゃない。おまえはいやらしくていいんだ……あ、そうじゃなくて、もっと感じてくれ。俺の下で乱れて、可愛い声を聞かせてほしい」

アリシアの瞳を覗き込み、嬉しそうに笑いながら続ける。

「愛されてることを、実感させてくれ。アリシア、おまえは他の誰とも違う。俺のたったひとりの家族なんだ」

大きな手で頬《ほお》を撫でられ、互いの額をコツンとくっつけ合った。そこから温かな思いが流れ込んできて、アリシアの心を柔らかくほぐしていく。

「愛しています……誰よりも、あなた様を……愛し、て……あっん、ジークさ、ま……っ」

わずかひと突きで、ジークフリートは蜜窟の最奥を穿つ。

それは彼女が自分で動かすより遥《はる》かに深い部分まで届き、愉悦に背中を反《そ》らせた。

「悪いな、アリシア。やっぱり、緩やかな動きじゃ我慢できそうにない。——突くぞ」

グジュッと合わさった部分から聞こえ、忙しない水音がしばらく続く。

ズチュ……ヌチュ……ふたりの秘所はひと突きごとに、淫らな音を小屋中に響かせた。

激しく身体を揺さぶられつつ、アリシアは必死に自分の思いを口にする。

「わたしは、平気……です。ジーク、様に……悦《よろこ》んで、いただきたいか……ら」

そう告げたとたん、ジークフリートは彼女の白い太ももを一気にすくい上げた。繋《つな》がったところが露《あら》わになり、アリシアは自由になった両手で顔を覆う。

彼女の脚を自分の両肩に載せ、ジークフリートは上体を起こして、自身の欲棒を荒々しく突き立てた。

「あ、あ、あ……ジークさ……まぁ、あっ、あん、あんっ！」

抽送はしだいに速くなり、彼の口から吐息が漏れ、そして、ふいに動きが止まった。

アリシアは唇を噛みしめ、息を止めて彼にしがみつく。次の瞬間、愛は飛沫《しぶき》となり、アリシ

アの蜜壁に降り注いだ。

そして、もう一度、口にしようとした愛の言葉は、ジークフリートの唇に吸い込まれていったのだった。


三度目の愛を交わし合ったあと――。

荒い呼吸がようやく治まり、アリシアは開いたままの小窓に目を向ける。そこには降るような星々が、額縁に収まった一枚の絵のように美しく輝いていた。

干し草のベッドにふたりは抱き合って横たわる。

そのとき、思い出したようにジークフリートがひとりの女性の名前を口にしたのだった。

「ああ、そうだ。例の、ヘンリエッタだが」

十代前半のジークフリートが初めて抱いた女性であり、デーメルの手先となり、罠《わな》に嵌《は》めた女性でもある。

彼女は長く娼婦という仕事に就いていたせいで身体を患い、精神的にも追い込まれていた。そこをデーメルに利用され、広場に飛び込んできたときには、本当にジークフリートの子供を身籠もった気持ちになっていたと言う。

だが、たとえ心神喪失の状態であったとしても、国王の誘拐や王妃の殺害未遂に加担した罪は大きい。厳罰は免れないだろう。

せめて縛り首といった厳しい処刑にはならないよう祈っていたが……。

「国外追放と決まったんだが――今朝、牢の中で冷たくなっていたそうだ。おまえが気にしていたようだから、一応伝えておく」

「まだ、お若いのに……」

アリシアに言えるのはそれだけだった。

彼女も幸福になれると信じて、領地から飛び出したに違いない。最初のジークフリートを嵌めた嘘は、お金のためなのだろう。だが、本当は後悔していたのではないだろうか。

ジークフリートの傍から離れなければよかった、と。

ほんの少し目を閉じ、ヘンリエッタの魂が許されて神の御許にたどり着けるよう、祈りを捧げる。

「ところで、マクシミリアンのことは、これからなんと呼ぶんだ？」

突然、マクシミリアンのことを質問され、彼女は返答に戸惑った。

「え？　それは、マクシー殿ではいけませんか？」

どう呼べばいいのか、マクシー殿でマクシミリアン本人に確認を取った。

すると、『どうぞ、王妃様のお好きにお呼びください』と返されたのだ。

結局『マクシー殿』と呼ぶことに決めたのだが、マクシミリアンの冷ややかなまなざしの中に、温かみを感じるようになったのは気のせいだろうか？

ジークフリートはしばらく閉口したあと、

「まあ、仕方ない。但《ただ》し、ふたりきりにはなるな。見舞いのときも、女官を連れて行くんだ」

「そんな……怪我人ですのに」

「撃たれたのは肩で下半身じゃない」

憮然《ぶぜん》として答えるジークフリートに、アリシアは開いた口が塞がらない。

話題を変えようと思い、ラウンドテーブルの上に置かれた一輪の花のことを口にした。

「えーっと、テーブルに飾られたお花ですが、紫色の可愛《かわい》らしいお花ですね」

だがその花は、アリシアの記憶に間違いがなければ……そう付け足そうとしたとき、ジークフリートは嬉《うれ》しそうに答えた。

「ああ、気づいてくれたか？　俺が森の中で見つけたんだ。凛としていて、気高くて、おまえに似てると思った。マクシミリアンからも、おまえには花を贈れと言われてたしな」

アリシアを喜ばせることができて嬉しい、と言いたそうな満面の笑みだった。

「この花が、わたしに似ておりますか？」

「——紫の花は嫌いか？」

アリシアが困ったような声で尋ねたことに気づいたのだろう。ふいにジークフリートの声も曇る。

とたんに申し訳ない気持ちになり、彼女は慌てて笑顔を作った。

「いえ……とても、綺麗な花だと思います。でも、絶対に召し上がらないでくださいね」

「そう言えば、この花を摘むとき、衛兵も同じことを言ってたな」

当然だろう。

紫色の可憐な花を咲かせるが、ヤマトリカブト《シュトゥルムフート》という猛毒を持つ野草。きっと、彼の育ったエイブル川東部には自生していなかったのだ。

アリシアがなんと言って説明しようか考えていると、彼のほうが先に口を開いた。

「花を食うほど腹は減ってない。ああ、おまえという花ならいつでも食いたいが」

頬を赤く染めるアリシアにジークフリートは口づける。

野草の説明は後回しにして、アリシアはこの日、四度目の愛をジークフリートと交わしたのだった――。

あとがき

こんにちはの皆様、そしてはじめましての皆様、御堂志生です。

蜜猫文庫さん二冊目となります、「覇王の花嫁」は楽しんでいただけましたでしょうか？

ヒストリカル風の乙女系は、設定に変化球は入れても、ストーリーは王道を外さないように努力してるんですが……。ええ、努力してるだけなので、気がつけば道に迷ってるということは多々ありますけど。

でも今回は、意識的にこれまでの作品とは違うな～と思うことを、ちょこちょこと取り入れてみました。

まずはヒーローですね。これまでは、苦労はしていても生まれながらの王子とか貴族ばっかりだったんですが、ジークフリートは捨て子の孤児。しかも、農奴としての職歴（になるのか？）まで持っております。そのせいでしょうか？　超タフガイでして……ヒロインが倒れるまで××した奴は初めてかもしれない（苦笑）

でもでも、ヒーローの活躍はそっち方面だけじゃないんですよ！　結構ハードなアクションシーンも書かせていただきました。乙女系ですしね、やっぱ死体は転がさないほうがいいかなぁとこれまでは遠慮してきたんです。剣を突きつけて寸止めにしたり、銃で撃ったときも急所は外したりしてきました。でも、本作では躊躇なく、とどめを刺しております！

あと、ヒーロー以外の男性キャラがこんなに活躍するのも自作では珍しいかもしれない。マクシミリアンとルドルフのふたりですが、彼らはジークの配下というより、仲間とか相棒とか呼んだほうがふさわしい感じ。出番はマクシミリアンのほうが多いんですが、美味しいところを持って行ってるのはルドルフのほう。彼はその昔（十年くらい前？）、ジークフリートを娼館に誘い、女性の悦ばせ方（↑力技）を嬉々として伝授した奴です（笑）

ジークと違って、ヒロインのアリシアは生まれながらの王女様。兄ひとり、妹四人の六人兄妹の第二子長女。国王は祖父で祖母と両親も健在という。

ここもいつもとは変えました。ヒーロー&ヒロインの家族はいつももっと少ないんです。名前もそう、最初にメインキャラの名前を並べて、ファーストネームの一文字目が重ならないようにして、文字数にも変化をつけるようにしてます。

でも今回はわざと、五人姉妹が「ア」から始まる名前にしました。これって、マリアーノ王国が舞台で姉妹がガンガン登場してたら無理でしたね。ええ、書いてる私がゼッタイに間違えると思う。

イラストは初めてお世話になります、サマミヤアカザ先生に描いていただきました。

乙女系というジャンルができたころ、他社レーベルさんで拝見したのが初めてでした。正直なところ、感動を通り越して――ガチガチに緊張しております。いや、私が緊張してどうなるって感じなんですが……。なんといっても当時は冗談抜きの一読者、「私の本に挿絵を描いてもらえる日がくればいいな」という発想すらなかったです。

いやあ、人生ってどこで何が起きるかわかりませんね。キャラクターラフをみつめながら、「きゃあっ！　これって私だけのものだわ❤」と浮かれております。

サマミヤ先生、本当にありがとうございましたっ‼

最後に――いつもファンレターやメッセージで励ましてくださる読者の皆様、リアルでは友人知人に何も言えないため、愚痴を聞いてくれる物書き仲間のお友だち、今回は珍しく（?）褒めてくださった担当様や、いろいろお世話になった関係者の皆様、夏休みにもかかわらず、文句も言わずに協力してくれる家族に、皆様、本当にありがとうございました。

そしてこの本を手に取って下さった〝あなた〟に、心からの感謝を込めて。

またどこかでお目に掛かれますように――。

御堂志生

蜜猫 Mitsuneko Label

蜜猫文庫をお買い上げいただきありがとうございます。
この作品を読んでのご意見・ご感想をお聞かせください。
あて先は下記の通りです。

〒102-0072　東京都千代田区飯田橋 2-7-3
(株)竹書房　蜜猫文庫編集部
御堂志生先生 / サマミヤアカザ先生

覇王の花嫁

2015年10月29日　初版第1刷発行
著　者　御堂志生

発行者　後藤明信
発行所　株式会社竹書房
〒102-0072 東京都千代田区飯田橋 2-7-3
電話　03(3264)1576(代表)
03(3234)6245(編集部)
デザイン　antenna
印刷所　中央精版印刷株式会社

Printed in JAPAN
ISBN978-4-8019-0339-5　C0193

御堂志生
Illustration 緒笠原くえん
惑＋愛
乙女は蜜夜に濡れる
おまえの唇にキスをしたら怒るだろうか？
「罪深い悦びだ。こんな私を受け入れてくれるね？」義兄ミケーレを慕い、修道女を志すジュリエッタは、父とメイドの行為を垣間見てしまったのをきっかけに、淫らな夢に苛まれるようになる。彼女の告解を聞いたミケーレは、悪魔を祓うため、夢の中の行為を模倣すると言いだした。聖職者である義兄の指先に翻弄され愉悦を教え込まれる秘密の時間。罪悪感に苛まれるジュリエッタに、ミケーレは自分を信じろと妖しく微笑み!?

夜織もか
Illustration 潤宮るか
甘い蜜の牢獄
ほら、気持ちよくなろうか
アネットは夜会で危ないところを助けてくれた侯爵令息、ユベールに交際を申し込まれるが、母に強く反対されて良い返事ができない。曖昧な状態のある日、彼女は何者かに掠われ、目隠しの上、陵辱されてしまう。わけもわからず与えられる快楽に流されていくうち、相手がユベールではないかと夢想し始めるアネット。「自分で胸を弄って。きちんとできたら許してあげる」だが目隠しが外れて見えた顔は紛れもない恋しい彼で!?

外岡キリア
Illustration Ciel
屈辱の寵愛
皇帝に奪われた王女の純潔
そなたが素直なのは
快楽に溺れてる時だけだな
ザウバルン帝国軍がアガレア王宮を占拠。近衛隊長である王女リディアンヌは皇帝アレクサンドルの前に立つが、圧倒的力の前に無残に敗れてしまう。帝国へ連行され、処女を奪われて、絶望するリディアンヌ。「男と女はこうして身体を繋げ合うこともできる。これは愛の行為だ」復讐を誓いながら毎日アレクサンドルに抱かれ、快感に溺れていく彼女の前に、平和主義を唱える皇弟ベルトランが現れ、皇帝の毒殺をそそのかしてきて!?